지구 아이

지구아이

최현주 소설집

비룡소

차례

밤의 캠핑장

물고기는 정말 야광이었다.
깜깜해질수록 형광 빛을 더욱 진하게 내뿜었다.

* * *

　한낮의 찌는 듯한 더위에 숨이 막혔다. 우현이는 생수통에 있는 물을 다 마셔도 목이 계속 말랐다. 땀이 많은 창수는 휴대용 선풍기를 얼굴에 갖다 대고 입을 벌리는 장난을 쳤다.

　우현이와 창수는 더위에 지쳐 거리를 좀비처럼 돌아다니다 에어컨 바람이 세차게 나오는 실내를 찾아들었다. 시원한 피시방 의자에 앉아서야 살맛이 나는 것 같았다. 날이 갈수록 더위는 점점 더 심해지고 있었다.

　피시방에 앉은 그들은 요즘 가장 반응이 뜨거운 '다크 다잉' 이라는 좀비 게임을 시작했다. 어둡고 축축한 느낌의 배경에서 뭔가가 튀어나올 것 같은 오싹한 분위기가 좋았다. 좀비가 물면 화면 가득 빨간 피가 튀었다. 좀비를 없앨 때도 괴상한 소리가 터져 나왔다. 한여름의 더위가 싹 날아가는 듯 상쾌했다.

그것도 잠시뿐이었다. 컴퓨터 모니터가 순식간에 꺼져 버렸다. 에어컨까지 작동을 멈추자 피시방 직원이 손님들을 향해 소리 높여 말했다.

"죄송합니다. 요즘 너무 더워서 계속 에어컨을 틀었더니 전기가 갑자기 나갔습니다. 지금 해결 방안을 찾고 있으니, 그대로 계시거나 잠시 후에 다시 찾아 주시길 바랍니다. 지금까지의 이용료는 받지 않겠습니다."

"안 돼! 이게 뭐야?"

"나가자. 여기도 더워지겠다."

그들은 소리를 질렀다. 또 시작이었다.

시설이 최신식이 되어 갈수록 전력은 더 자주 과부하가 걸렸다. 언제부턴가 전기를 아껴 쓰라는 말이 주변에 넘쳐났다. 뉴스에서는 매일 전력 수급 상황이 비상이라고 빨간 경고등을 켰다.

"……현재 국가적으로 전력 수급 문제를 해결하려고 많은 노력을 기울이고 있습니다. 여러 기관에서 연구원들이 밤낮없이 매달려 미래의 대체 에너지를 개발하고 있습니다. 머지않은 시기에 가시적인 성과가 있을 거라고……."

피시방 카운터에 있는 스마트폰에서 실시간 뉴스가 나오고 있었다. 그들은 뉴스를 듣자 더 짜증이 났다. 언제나 똑같은 말만 하는 앵무새였다.

밖으로 나왔지만 더위를 피할 길이 없었다. 요즘엔 밤까지 열대야가 기승을 부렸다.

"우리 캠핑이라도 갈까?"

우현이가 기지개를 켜며 별생각 없이 말했다. 말하는 중간에 자신의 실수를 깨달았지만 이미 뱉어 버린 말을 다시 주워 담을 수도 없었다.

우현이는 요새 창수와의 관계가 조금 껄끄러웠다. 우현이는 창수와 어렸을 때부터 어디를 가든 항상 함께 다니던 친구 사이였다. 우현이만 그렇게 생각한 건지도 몰랐다. 최근에 겪은 어이없는 일을 보면 말이다. 왜 그랬느냐고 물어보고 싶었지만 우현이는 그럴 자신이 없었다. 직접적으로 누구한테 물어봐야 할지도 몰랐고, 자신이 너무나 바보같이 느껴졌다. 창수는 어떻게 된 일인지 모를 수도 있었다. 다시금 도희에 대한 원망이 떠올랐다. 도희가 애정을 느낄 정도로 너무나 잘난 창수가 밉기도 했다. 솔직히 창수는 남자인 우현이가 봐도 키도 크고 잘생긴 아이였다. 요즘엔 이런 창수가 세상에서 없었으면 좋았을 거라는 생각도 들었다.

"어디 아는 데 있어? 캠핑장 멀리 있지 않아?"

창수가 이마에 맺힌 땀을 닦아 내며 말했다.

"몰랐어? 우리 동네 뒷산에 캠핑장 있잖아."

우현이는 에라, 모르겠다며 될 대로 되라는 심정으로 심드렁하게 답했다.

"그런 데가 있었어? 난 처음 듣는데."

창수가 고개를 갸웃거렸다.

"원터치 텐트 가져가면 하룻밤 지낼 수 있을 거야. 날이 더우니 담요 같은 건 필요 없잖아."

원체 활동적인 우현이는 놀 생각에 자신의 꺼림칙한 기분은 마음 깊은 곳에 묻어 두기로 했다. 우현이는 자신의 성격이 정말 좋다고 생각했다. 도희도 얼마나 칭찬해 주었는지 모른다. 도희의 바람대로 학교에서 비밀로 하고 사귈 정도였는데, 어디서부터 도희와 멀어지게 된 건지 우현이는 도무지 알 수 없었다.

"좋아!"

창수와 우현이는 서로 팔을 들어 올려 맞부딪쳤다.

그들은 각자 집에 들러 먹을 것과 텐트를 챙긴 후 캠핑장으로 향했다.

"버스 없어?"

"멀지 않아. 버스 기다리는 게 더 오래 걸릴 거야."

그들은 그렇게 짐을 들고 힘겹게 산을 올라갔다.

한참이 지난 후 우현이는 얼굴에 흐르는 땀을 닦아 내며 고개를 갸웃거렸다. 벌써 온몸이 땀으로 흠뻑 젖어 있었다.

"어? 이상하다? 여기쯤에 캠핑장이 있었는데……."

"대체 언제적 얘기야?"

창수는 억지로 참다가 결국 폭발하고 말았다. 오늘따라 더찌는 날씨에 창수는 짜증이 치밀었다. 한참을 걸어왔는데도 바짝 말라붙은 냇가만 보일 뿐이었다.

"요새 가뭄이 심하다더니……. 물이 많이 말랐다. 그치?"

우현이가 창수의 표정을 살피며 말했다. 우현이는 유독 더위를 못 참는 창수가 더 신경이 쓰였다.

"에잇, 바람 한 점 안 불어오네."

창수는 그저 집에서 시원한 에어컨 바람을 쐬며 자고 싶을 뿐이었다. 괜히 여기까지 힘들게 찾아온 것 같았다.

"어, 여기다! 생각보다 많이 올라온 곳에 있었네. 여기에 자리 잡자."

그들은 거의 캠핑장처럼 보이는 곳을 발견했다. 그 옆쪽으로 어느 정도 물이 차 있는 계곡도 있었다. 그런데 까마귀 떼가 계곡 위를 날아다니는 모습이 왠지 으스스하게 느껴졌다. 우현이는 다른 곳으로 가자고 말하고 싶었지만 이맛살을 잔뜩 찌푸린 창수를 보고 입을 다물 수밖에 없었다.

"뭐가 있나? 웬 까마귀가 이렇게 많지?"

창수는 팔에 돋아난 닭살을 문지르며 말했다.

그들은 주변을 살피며 캠핑장으로 내려갔다. 캠핑장 입구를 막은 쇠사슬은 녹슬어 늘어졌다. 바닥에는 캠핑장 이름이 쓰인 듯한 나무 간판이 쓰러져 나뒹굴었다.

창수는 더위에 지쳐 다리에 힘이 들어가지 않아 쇠사슬에 걸려 넘어질 뻔했다.

"아얏! 에이 씨……."

창수는 날씨든 장소든 마음에 드는 게 하나도 없었다.

우현이가 보기에 창수는 화를 잘 내는 편이었다. 특히, 자기가 생각한 대로 일이 진행되지 않을 때는 엄청나게 신경질을 부리고는 했다. 도희도 창수의 이런 까다로운 성격을 알고 선택한 것인지 궁금했다. 우현이는 도희와 사귀기 전에도 꽤 친한 친구 사이였다. 애인으로서는 헤어졌지만 도희와의 우정을 생각해서 창수의 진짜 성격을 얘기해 줄까 싶었다. 그런데 도희는 이별을 고하고 자신을 수신 차단 해 버렸다. 초등학생일 때부터 오랜 시간 우정을 쌓아 왔다고 생각한 우현이는 그런 도희의 행동이 실망스러웠다. 헤어졌다고 남은 우정까지 다 지워 버리다니.

"전에 와서 놀 때는 이렇지 않았는데……."

우현이는 씁쓸하게 혀를 차며 말했다.

"그게 언젠데?"

"아마…… 초등학교 2학년?"

창수는 평소 조금 과장해서 말하는 우현이를 생각하면 초등학교 들어가기 전일 거라고 생각했지만 아무 말도 하지 않았다.

우현이는 창수의 눈치를 살피며 주위를 둘러보았다. 그곳은 나무 그늘도 없이 뜨거운 햇볕이 곧바로 내리쬐고 있었다. 그나마 한구석에 그늘을 드리운 나무 아래로 갔더니, 거미 한 마리가 커다란 거미줄을 치고 있었다. 거미가 그들을 보고 입맛을 다시는 것처럼 보였다.

캠핑장은 사람들의 발길이 오랫동안 닿지 않은 것 같았다. 태풍이 휩쓸고 지나간 것처럼 한여름인데도 나뭇잎들은 대부분 시들어 땅에 떨어져 있었다. 가지가 꺾인 나무도 많았다. 온전한 나무도 앙상하기 그지없었다. 외부 세계와는 전혀 다른 공간인 것 같았다.

"여기에 텐트를 칠까?"

우현이는 얼굴을 찡그리는 창수를 무시하고 들고 온 물품들을 바닥에 꺼냈다. 창수도 어쩔 수 없이 우현이를 따라 짐들을 내려놓았다.

우현이가 납작한 가방에서 원터치 텐트를 꺼내 공중으로 휙 던졌다. 텐트는 날아가는 중에 활짝 펴져서 땅바닥에 내려앉았다. 금세 기분이 좋아진 창수는 우현이를 향해 엄지손가락을 치켜 올렸다. 집에서부터 텐트를 들고 온 우현이는 의기양양한 미소로 팔짱을 꼈다.

"물고기도 있을까?"

우현이가 비닐로 된 작은 통발을 꺼냈다. 창수도 좋다며 손뼉을 쳤다. 이왕 힘들게 여기까지 온 김에 물놀이나 하며 재밌게 놀기로 했다.

그들은 계곡으로 향했다. 우현이가 먼저 계곡물에 몸을 담갔다. 물이 말랐어도 깊은 곳은 허리 높이까지 올라왔다.

"어? 저게 뭐야?"

창수는 계곡으로 걸어오다가 바위 위에 달라붙어 있는 녹색 물체를 가리켰다. 이끼인 줄 알았는데 창수가 다가가자 옆으로 조금씩 움직였다.

"청개구리!"

우현이가 외쳤다. 그 소리에 개구리가 폴짝 뛰었다. 옆에 있던 창수가 몸을 움찔했다.

"무서워?"

"아냐!"

능글맞게 웃는 우현이에게 창수가 소리쳤다.

"의외로 물고기가 많네."

우현이가 손바닥을 모아 물고기를 잡으려고 했다. 작은 물고기 한 마리가 우현이 손에 잡혔다가 밖으로 튀어 나갔다.

"안 돼!"

우현이가 자기도 모르게 소리쳤지만 물고기는 어느새 어딘가로 사라지고 말았다.

"아깝다! 조금만 더 하면 잡히겠는걸."

창수도 물에 뛰어들었다. 창수는 잠수를 하면서 날렵하게 수영을 했다.

"야! 이게 뭐야?"

우현이의 얼굴로 물이 튀어 올랐다.

"그게 뭐?"

창수가 빙긋 웃었다. 그 모습에 우현이가 손바닥으로 물을 떠서 창수에게 뿌렸다. 창수와 우현이는 서로에게 물을 뿌리며 물장난을 쳤다.

"창수야, 머리!"

우현이가 창수 머리를 가리켰다. 창수가 머리를 만졌더니 정수리에서 팔딱거리던 작은 물고기 한 마리가 계곡물로 폴짝 떨어졌다.

"푸하하!"

그들은 물고기를 아쉬운 듯 바라보다가 결국 허리가 꺾이도록 웃고 말았다.

"이제 좀 배고프지 않아?"

우현이가 배를 만지며 말했다. 어느새 해가 많이 기울어 있었다. 그들은 어둑어둑해진 하늘을 올려다보았다. 하늘은 소나기가 쏟아질 듯이 먹구름이 모여들었다.

"올라가서 뭐 좀 먹을까?"

"그 전에 통발 좀 확인하고."

창수가 통발에 물고기가 잡혔는지 확인해 보았다.

우현이는 뭔가 이상했다. 날이 많이 저물어 깜깜해진 가운데, 계곡물 속에서 헤엄쳐 다니는 물고기의 모습이 너무나 선명하게 잘 보였다. 우현이는 자신의 눈이 이상한가 싶어 눈을 다시 깜박여 보았다.

"창수야, 물고기가 좀 이상하지 않아?"

"와, 잡혔다!"

창수는 신나하며 통발을 들어 올렸다. 통발에는 손바닥 크기만 한 물고기 세 마리가 팔딱거리고 있었다. 그런데 그 물고기는 어둠 속에서 빛을 뿜어내고 있었다. 창수와 우현이는 할 말을 잃었다.

"야광 물고기!"

창수가 자기도 모르게 외쳤다. 물고기는 정말 야광이었다. 깜깜해질수록 형광 빛을 더욱 진하게 내뿜었다. 야광 물고기가 입을 벌리자 날카로운 이빨이 나타났다. 물고기는 통발의 그물을 물어뜯더니 순식간에 작은 구멍 속으로 쏙 빠져나가고 말았다. 그들은 듣도 보도 못한 일에 기가 막히다는 눈빛을 교환했다.

"야, 물고기가 원래 저래?"

창수의 물음에 우현이가 고개를 획획 저었다. 우현이는 계곡 물 속을 바라보았다. 그런데 야광 빛을 띤 물고기들이 그들을 둘러싸며 다가오고 있었다.

"차, 창수야!"

우현이가 창수의 팔을 잡아당겨 물속을 가리켰다. 야광 물고기들은 물에 잠긴 그들의 발을 향해 빠르게 돌진해 왔다. 그들은 바위 위로 다급하게 올라갔다. 그 순간 그들을 향해 점프하던 물고기들이 바위에 머리를 부딪혔다. 물고기들은 아무렇지 않게 주위를 살피더니 날카로운 이빨로 그들이 서 있던 바위를 씹기 시작했다. 물고기들이 입을 점점 더 크게 벌리는 것 같았다. 바위 가운데가 순식간에 부서져 나갔다. 두 사람은 물에 다시 빠지고 말았다.

키가 큰 창수가 긴 팔다리를 이용해 다른 바위 위로 올라갔다. 바위에서 창수는 우현이의 팔을 잡아 끌어올리려고 했다. 그러는 사이 물고기들이 이빨로 바위를 부서뜨리며 그들에게 다가왔다. 창수는 물고기들을 보며 자신의 모든 힘을 쏟아부었다. 그러다 바위에 붙어 자란 이끼에 발이 미끄러졌다.

"으악!"

우현이가 놀라며 창수를 잡기도 전에 물고기들이 그들을 향해 점프했다. 창수는 물속에서 정신을 차릴 새도 없이 우현이를 먼저 바위 위로 어깨를 이용해 밀어 올렸다. 창수도 뒤따라 올라가려고 할 때였다.

"앗, 따가워!"

창수는 종아리에서 살을 찌르는 통증이 느껴졌다. 그래도 주저앉을 수 없었다. 어떻게 해서든 이곳을 벗어나야 했다. 온몸에 힘을 주어 바위로 올라가 굴렀다. 우현이가 그런 창수의 몸을 붙잡았다.

"물렸나 봐."

창수는 커다란 바위에 앉아 반바지를 입은 다리를 들어 올렸다. 스마트폰의 손전등 모드를 켜서 종아리를 비추었다. 종아리에 날카로운 이빨 자국이 찍혀 있었다. 종아리의 물린 자국에서 피가 점점이 묻어났다. 창수가 지혈을 하려고 종아리 뒷부분을 손바닥으로 꽉 눌렀다. 창수의 얼굴이 찡그러졌다.

"어떡해. 괜찮아?"

우현이는 창수의 상태가 걱정스러웠다. 창수는 물린 곳이 아파서 자기도 모르게 신음을 흘렸다.

"나 먼저 올려 주느라……."

우현이는 자기 대신 창수가 물린 것 같아 미안해졌다.

"됐어. 일단 여길 빠져나가자."

창수는 그들에게 다가오는 야광 불빛들을 보며 힘겹게 몸을 일으켰다. 창수는 이런 애였다. 자신이 한 일에 대해 생색을 내거나 대가를 바라지 않았다. 우현이는 창수의 그런 점이 솔직히 대단하다고 생각했다.

우현이는 비틀거리는 창수의 몸을 단단히 붙잡았다. 우현이는 있는 힘을 다해 다른 바위로 뛰었다.

"창수야, 이리 와!"

우현이가 창수의 팔을 잡아끌었다. 그들은 서로에게 의지하며 또 다른 바위로 건너뛰었다. 물고기들이 그들을 지켜보는 건지, 아니면 그들에게 어떤 특정한 냄새가 나는 건지, 그들이 다른 곳으로 이동할 때마다 계속 따라왔다.

바위 위에는 또 다른 복병이 있었다. 깜깜한 밤인데도 불구하고 청개구리는 밝은 빛을 내뿜고 있었다. 이번에는 개구리들이 그들을 향해 폴짝 뛰어올랐다. 우현이의 얼굴 높이까지 뛰어오른 개구리가 번쩍거리는 날카로운 이빨을 내보였다.

"으아악!"

그들은 개구리도 이빨이 있는지 궁금할 새도 없었다. 불빛에 드러난 개구리의 이빨이 길어지는 것 같았다. 우현이는 자신의 착각일 거라고 믿으며 열심히 뛰었다.

결국 반대쪽에 있는 캠핑 장소까지 건너가지 못했다. 어떻게 해서든지 길가로 올라가려고 애쓰는 중에 앞이 잘 보이지 않아 돌부리에 걸려 넘어지기 일쑤였다.

이번에는 빛나는 까마귀들이 그들의 머리 위로 날아와 쪼아 대기 시작했다.

"우현아!"

"여기 있어!"

우현이와 창수는 팔로 머리를 감싸며 어둠 속에서 서로를 놓치지 않기 위해 이름을 외쳐 불렀다. 야광 생물들을 피해 어디가 어딘지도 모르고 무작정 달려갔다.

그렇게 얼마를 갔는지 머뭇거리며 올라선 곳에서 불빛이 새어 나오는 건물 한 채를 발견했다. 시멘트로 만들어진 네모난 2층 건물은 주변 풍경과는 달리 깔끔한 새 건물이었다.

"창수야, 저기 봐!"

건물 옆면에 있는 천막 아래에서 형광 빛을 내는 물이 쏟아져 나오고 있었다. 그곳에 모여 있던 물고기들이 그 물을 먹을수록 야광 불빛을 강하게 뿜어냈다. 바위 위에는 청개구리들이 옹기종기 모여 있었다. 까마귀들도 야광 빛이 도는 날개를 파닥거렸다. 눈이 부실 정도로 빛이 점점 세지는 것 같았다.

"거기 누구 없어요? 도와주세요!"

창수는 다리를 절뚝거리며 건물의 철문을 두드렸다. 그들이 지쳐 갈 때쯤 서서히 문이 열렸다. 열린 문 너머에는 아무도 없었다.

"들어가도 될까?"

창수가 조심스럽게 발을 들이밀었다. 어두컴컴한 실내에는 커다란 탁자와 의자 몇 개가 있었다. 더 깊은 안쪽에서 밝은 빛이 쏟아져 나왔다. 커다란 책상 위에 컴퓨터와 실험 도구들이 어지럽게 얽혀 있었다.

"자, 잠깐만……."

산 중턱에 이런 연구소가 있다는 게 뭔가 미심쩍어서 우현이는 창수의 팔을 잡았다. 창수는 우현이의 손을 꽉 잡아 주며 건물 내부로 들어갔다.

"물렸어?"

갑자기 그들 뒤에서 하얀 가운을 입고 머리가 산발인 한 남자가 나타났다. 그들은 깜짝 놀라 뒤로 물러섰다.

"상처 좀 볼까?"

남자가 다가오자 그들은 주먹 쥔 손을 올리며 싸울 준비를 했다.

"겁낼 건 없어."

"여긴 뭐죠? 저기 물고기랑 개구리, 까마귀들은 대체 뭔지……. 그 형광 색 물이랑……."

"말은 바로 하지. 너희들이 먼저 개인 사유지에 함부로 들어온 거야."

"여긴 캠핑장이잖아요. 우리는 그저 캠핑을 하고 싶었던 거예요."

"저, 전 어떻게 되는 거죠?"

말하는 중에 통증이 느껴지는지 창수가 인상을 찌푸리며 소리쳤다.

"일단은……."

남자는 파란색 빛이 나오는 투명한 서랍장에서 주사 한 개를 가져왔다. 그들은 뒤로 주춤주춤 물러났다.

"계속 그렇게 둘 거야? 죽지는 않겠지만 온몸에 형광 빛이 다 퍼질 텐데……."

그들이 멈칫거리는 사이에 남자는 재빠른 손길로 창수의 엉덩이에 주사를 놨다.

"그럼 한번 볼까?"

남자가 작은 리모컨을 들어 버튼 하나를 눌렀다. 그러자 천장에 있던 불이 모두 꺼졌다. 깜깜한 어둠 속에서 야광으로 빛나는 것이 있었다. 바로 창수의 종아리였다.

"이런……."

그들은 기가 막혀 탄식을 내뱉고 말았다.

"걱정할 건 없어. 몸에 이상이 있는 건 아니니까."

"이상이 없어요? 몸에서 이렇게 형광 빛이 나는데요?"

우현이가 어이가 없어서 냅다 소리쳤다. 갑자기 실내에 불이 들어왔다. 그들은 눈이 부셔서 인상을 찡그렸다.

"밖에서 여러 생물들을 봤잖아. 지금 실험 중이기는 하지만 이것 때문에 죽은 생물은 없어. 오늘 보니 사람도 이상이 없는 것 같군……."

우현이는 화가 나서 남자에게 달려들었다. 하지만 창수가 우현이를 말리며 앞으로 나섰다.

"밖에 있던 생물들이 우리를 공격한 게 아무 문제가 없다고요?"

"실험과의 연관성은 아직 밝혀진 게 없어."

"하, 이거 미치겠네."

우현이는 답답한 마음에 자신의 가슴을 쾅쾅 두드렸다.

"이, 이걸 없애는 방법도 있겠죠?"

창수가 떨리는 몸을 감싸며 물었다.

"글쎄. 그건 앞으로 실험을 좀 더 해 봐야 알 수 있는 문젠데……."

남자는 자기도 모르는 일이라는 듯이 어깨를 으쓱거렸다. 우현이는 화가 나서 남자를 향해 이를 드러내며 으르렁거렸다. 창수를 실험 대상으로 쓰다니! 창수는 우현이의 어깨를 잡아 눌렀다. 창수는 이성적으로 말하려고 노력했다.

"이건 뭘 위한 실험인 거죠? 물고기랑 개구리, 까마귀의 저 공격성은 대체 뭐냐고요?"

"야광 빛이 난다고 공격성이 높아진다고 알려지진 않았어. 우리는 미래의 모습을 완전히 바꿀 수 있는 위대한 실험에 도전하고 있지. 유전자 조작으로 야광 빛을 내뿜을 수 있다면 앞으로 에너지 사용을 획기적으로 줄일 수 있거든. 너희들은 그 원대한 실험에 큰 역할을 하게 될 거야. 너희들의 이름이 역사의 한 페이지를 차지하게 될 거라고. 정말 대단한 일이지 않아?"

남자는 한쪽 입꼬리를 올리며 그들을 향해 짝짝 박수를 쳤다. 우현이는 주먹으로 그 입을 뭉개 버리고 싶었다.

"창수야!"

창수는 우현이가 나서기도 전에 순식간에 남자의 몸으로 달려들어 주먹을 휘둘렀다. 우현이도 가세해 남자를 힘껏 밀쳐 냈다. 남자가 바닥으로 나뒹굴자, 두 사람은 그곳을 쏜살같이 빠져나왔다.

창수와 우현이는 캠핑장에 쳐 두었던 텐트 안에서 거친 숨을
몰아쉬었다. 야광 생물들을 피해 벗어날 곳을 찾아 헤매다가 겨
우 뛰어든 곳이었다. 어쩌면 그들이 스스로 도망친 것이 아니라
야광 생물들이 이곳으로 몬 것일지도 몰랐다.

캠핑장은 무수한 야광으로 밝게 빛나고 있었다. 텐트를 향해
점점 더 많은 수의 청개구리들이 폴짝폴짝 뛰어들려고 했다. 위
에서는 까마귀들이 귀를 찢을 듯 까악 까악 울어 대며 텐트를
쪼았다. 텐트 구석에서 천이 찢어지는 듯한 소리가 조금씩 커지
고 있었다.

우현이는 전에 창수를 많이 미워하기도 했다. 그런데 창수
가 자기 대신 물리고 말았다. 창수를 미워했던 게 미안했다. 우
현이는 자신을 밀어 올려 주던 창수의 손길이 떠올랐다. 그 손
길이 당장이라도 자리를 벗어나고 싶은 우현이의 마음을 붙들
었다.

우현이는 이곳을 벗어날 방법도 마땅히 없었다. 지금이라도
당장 야광 생물들이 텐트 안으로 쏟아져 들어올 것 같았다. 텐
트 안에서 우현이는 몸을 최대한 웅크렸다. 그러다 몸을 떠는

창수의 어깨를 감싸 안았다. 창수의 종아리가 야광 빛을 내며 파르르 떨리고 있었다. 조금씩 창수의 숨이 거칠어지는 것 같았다. 우현이는 한 손으로 귀를 막고 눈을 감았다. 우현이는 창수가 갑자기 눈을 뜰까 봐 겁이 났다. 창수의 눈동자가 야광으로 빛날 것만 같아서.

우현이는 창수에게 자신의 팔뚝을 내밀어야 할지 고민되었다. 자신도 창수와 똑같아져야 할 것 같았다. 마음의 각오를 다지다 보니 우현이는 자기도 모르게 눈물이 차올랐다. 몸이 야광으로 빛나며 공격성을 띠는 것을 대체 어떻게 받아들여야 할지 알 수 없었다. 자기 대신 물린 창수는 이렇게 힘들어하는데, 이런 걸 고민하는 자신이 싫었다. 그러면서도 우현이는 창수가 원망스러웠다. 처음부터 함께 물렸더라면 이렇게 혼자 남아 고민하는 일도 없었을 것이다.

우현이는 '다크 다잉'이라는 좀비 게임이 생각났다. 좀비들의 세상에서 그들에게 물리지 않기 위해 열심히 도망을 치는 게임이었다. 공격하는 좀비들을 물리치기도 하지만 살아남는 게 우선이었다.

우현이는 실제 현실에서는 그렇게 좀비를 피해 도망치는 것이 무슨 의미가 있겠느냐는 생각이 들었다. 세상의 모든 사람들이 좀비가 되었다. 혼자 좀비가 되지 않고 유일하게 남은 사람으로 도망치는 것이 과연 좋은 일인가 싶었다. 그냥 자신도 좀비가 되는 것이 더 마음 편하게 느껴졌다. 지금 이 순간처럼.

창수도 자신처럼 물리지 않고 함께 공포를 느끼고 있다면 얘기는 달라졌을 것이다. 공격적인 이빨을 드러내는 야광 생물들에게 둘러싸인 지금 이곳이 자신이 알고 있는 세상의 전부였다. 태양은 영원히 떠오르지 않을 것 같았다.

창수가 갑자기 부르르 몸서리쳤다. 뭔가가 곧 일어날 듯했다. 우현이는 창수의 입 쪽으로 자신의 팔뚝을 내밀었다. 인간으로서의 존재를 잊어버렸을지도 모를 창수에 대한 각오를 다지면서. 차라리 모든 게 빨리 끝나 버렸으면 좋겠다는 생각이 들었다.

우현이는 자기도 모르게 후들대는 몸을 감싸며 숨을 몰아쉬었다. 마음을 아무리 다잡아 봐도 받아들이기 힘들었다. 그러나 인간이든 좀비든, 어떤 세상이든, 창수와 둘이 함께 있으면 무서울 게 없었다. 우현이는 뭐든 이겨 낼 수 있다는 든든한 감정을 느끼며 창수의 어깨를 흔들었다.

"자, 눈을 떠. 함께 있어 줄게……."

여우 도깨비불

산 중턱에서 도깨비불이 오라고
막 손짓을 해 댔다.

♦ ♦ ♦

철길 건널목에 차단기가 내려졌다. 차 한 대가 겨우 다닐 만한 좁은 길에는 아침에 내린 소나기로 곳곳에 웅덩이가 패어 있었다. 하늘은 여전히 먹구름이 끼어 잔뜩 흐렸다. 먹구름 속에서 간간이 짐승의 울음소리가 들리는 것 같기도 했다.

맞은편에서 한 소녀가 웅덩이를 피하며 달려왔다. 땅을 박차는 까만 다리가 유난히 빛났다. 소녀는 차단기 앞에 서서 거친 숨을 몰아쉬었다. 두 량짜리 기차가 지나가며 소녀의 모습을 가렸다. 땡땡땡 경보음이 멈추고 차단기가 올라가자, 소녀는 가방을 고쳐 메고 내 곁을 지나 달려갔다.

소녀가 어딜 향해 가는지 궁금해졌다. 나는 주머니에 손을 넣어 지폐를 만졌다. 차단기 너머 낮게 웅크린 마을을 확인했다. 길을 그대로 따라가다 보면 코너를 돌아 슈퍼마켓이 있었다. 그곳에서 초콜릿을 사 먹으려고 가던 참이었다. 기찻길을 건너다가 도로 몸을 돌려 소녀의 뒤를 쫓고 말았다.

소녀는 뒷산으로 향하는 흙길을 걸었다. 물을 머금은 흙길은 기찻길과 닿아 있었다. 기차가 오지 않는지 연신 뒤를 살폈다. 소녀는 자기 발보다도 더 큰 장화를 신고 터벅터벅 걸어갔다. 한 손으로 풀들을 스치면서.

건널목이 눈에 아슴푸레하게 보일 때쯤 소녀가 돌아섰다.

"언니는 어디 가?"

소녀는 아직 초등학교 3학년 정도로 보이는데, 목소리는 카랑카랑했다.

너 따라가는 거 아니니까, 걱정 마. 그렇게 말하고 돌아서야 했다. 하지만 가지 마, 라는 말이 귀에 울려 대는 것 같아서 끝내 그러지 못했다. 소녀는 내가 머뭇거리자 고개를 갸웃거리면서 다시 가던 길을 갔다. 나는 소녀를 따라가지도 못하고 돌아서지도 못한 채로 멍하게 있었다.

"뭐 해?"

소녀가 흙길 너머 좁은 길로 가기 전에 나를 불렀다.

"……도깨비불 본 적 있어?"

소녀는 주위를 한번 둘러보곤 빨리 오라고 손짓을 했다. 나는 무슨 말인지 생각하기도 전에 어느새 소녀에게 달려가고 있었다. 소녀는 연신 입에다 검지를 들어 보이며 조용히 오라고 야단이었다. 내가 소녀에게 거의 도착할 때쯤 소녀는 산으로 향하는 비탈길을 올랐다. 자갈이 깔린 길을 따라가면서 나는 그제야 소녀가 무슨 말을 했는지 알아들었다.

"너 진짜로 도깨비라도 본 거야?"

소녀는 무슨 말도 안 되는 질문을 하냐며 웃었다. '도깨비'란 말을 세상에 태어나 처음 들어 봤다는 듯이 고개를 갸우뚱거리기까지 했다.

"언니, 그런 게 정말로 있을까?"

"세상에 그런 건 없어."

"언니는 외계인 본 적 있어?"

소녀는 이런 식으로 계속 질문을 던졌다.

"외계인이 있다니, 말도 안 되지?"

내가 아무 말도 하지 않자, 다 알고 있다는 듯 소녀가 이어서 말했다. 내 생각이 소녀의 입을 통해 나온 느낌이었다. 왠지 모르게 소녀에게 말려들고 있는 것 같았다.

"언니는 모르겠지만 그래도 있을 수 있어."

"뭘 모른다는 거야?"

"이 세상엔 우리가 모르는 일들이 많이 일어나고 있어."

"무슨 일이 일어나는데?"

나는 조금 짜증스럽게 소리쳤다.

"……밤에 도깨비불을 보고 따라가면 도깨비한테 홀려서 다시 살아 돌아올 수 없대. 그러다 가끔 돌아오는 사람이 있는데, 꼭 정신이 나간다는 거야. 그런 사람을 어떻게 해야 하는지 알아?"

어느새 소녀의 그림자는 나보다 더 커져 있었다. 대체 그런 전설 같은 이야기를 어디서 듣고 다니는지 알 수 없었다. 소녀는 먼 곳에 눈길을 던진 채 말을 이었다.

"도깨비불을 다시 찾아서 그곳에 있는 나무 잎사귀를 가져다 달여 마시면 나갔던 정신이 돌아온대."

"그런 말도 안 되는 얘기가 어디 있어?"

소녀는 걸음을 멈췄다. 나를 돌아보는 얼굴에는 이해되지 않는다는 기색이 가득했다. '왜 이게 말이 안 된다고 생각하지?'라고 묻는 눈빛이었다. 소녀의 말이 미신이라는 걸 설명해 줄 방법이 없었다.

"그냥 그렇다고 해!"

"왜 갑자기 화를 내는 거야?"

소녀는 입술을 삐죽거리며 다시 걸어갔다. 나는 소녀를 향해 물었다.

"너 설마 지금 도깨비불인가, 뭐 그런 거 찾으러 가는 거 아니지?"

소녀는 몸을 홱 돌렸다.

"나한테 상관하지 마."

소녀는 우리가 왔던 길을 손으로 가리켰다.

"필요 없으니깐, 어디든 가 버려."

소녀는 눈을 감고 소리를 지른 후 다시 걸어가기 시작했다. 그런 소녀의 뒷모습을 멍하게 쳐다보았다. 나는 금세 뒤따라가며 말했다.

"너 도깨비불이 얼마나 무서운 줄 알아? 뿔 있고 험악한 것이 너 물어서 어디론가 가 버린다!"

내가 겁주는 말을 해도 소녀는 아무런 반응도 없었다. 흙길을 걸은 지 십여 분 정도 지났을까, 산을 오르는 나무 계단이 나타났다. 소녀는 그곳에서 더 올라가지 못하고 서성거렸다. 고개를 숙인 채 첫 번째 나무 계단을 우두커니 바라봤다. 소녀는 발

끝에 힘을 모아 땅을 발로 찼다.

"뭐 해?"

나는 고개 숙인 소녀의 얼굴을 살폈다. 머리카락이 흘러내려 입술 모양만 조금 보일 뿐이었다. 아랫입술을 깨물고 있었다. 깨문 자리가 더욱 붉어졌다. 소녀의 어깨를 붙잡아 얼굴을 들어 올렸다. 눈가에 눈물이 고여 촉촉했다.

"왜 그래? 무슨 일이야?"

소녀는 내 손을 쳐냈다. 눈물을 닦아 내며 나를 원망스럽게 올려다봤다.

"이게 다 언니 때문이야. 안 무섭다고 얼마나 생각했는데. 언니가 뭔데 나를 겁주는 거야?"

내가 생각 없이 한 말에 소녀는 정말 겁을 먹었나 보다.

"미안, 장난이었어."

"장난이면 모든 게 용서가 돼?"

고개를 들고 나를 똑바로 바라보는 소녀의 눈빛이 날카로웠다. 장난이면 용서가 되는 게 아닐까 싶었다. 하지만 소녀와 계속 마주 보고 있기가 힘들었다.

한 달 전 집에 있는 남자와 함께 올랐던 산길도 비에 젖어 질척거렸다. 이 산을 오르는 것도 오늘이 마지막이다. 어제 늦은 밤까지 남자와 짐을 꾸렸다. 가져갈 것이 얼마 되지 않았다. 가방 하나로 충분했다. 내일이면 이곳을 떠나 서울로 가게 될 것이다. 그러면 이곳과 연결된 모든 고리는 자연스레 끊어질 것이다.

소녀의 사나운 눈빛은 누그러질 기미가 없었다.

"그렇게 무서우면 내가 함께 가 줄게. 어디로 가는 거야?"

"……말했잖아. 도깨비불 찾으러 가. 여기로 쭉 올라가면 조그만 절이 있는데 밤이면 불빛이 춤을 춘대."

소녀가 하는 허황된 말에 뭐라고 대답해 줘야 할지 고민스러웠다. 하지만 소녀는 아직 어리긴 해도 눈빛만은 꽤나 진지했다. 뭔가 믿는 구석이 있는 모양이었다. 지금은 소녀의 말에 따라 주는 것이 좋을 듯했다.

"알았어. 함께 가 보자."

소녀의 손을 잡고 나무 계단을 오르기 시작했다. 철길 건널목 맞은편에 서 있던 소녀를 따라온 지 얼마 되지 않은 것 같은데 소녀가 친근하게 느껴졌다. 동생이 있다면 이런 느낌일 것 같았다.

나무 계단은 물을 머금어 철벅댔다. 반바지를 입은 탓에 풀들이 살에 닿아 차가웠다.

"도깨비불은 찾아서 어디다 쓰려고?"

소녀는 맞잡은 손에 힘을 주었다.

"다른 사람한테는 얘기하지 않겠다고 맹세해."

"내일이면 여길 떠나서 영원히 돌아오지 않을 거니까, 안심해."

소녀를 바라보고 웃었다. 스스로 생각하기에도 속 시원한 웃음이었다. 떠나면 모든 게 끝날 것이다.

남자에게 떠나자는 말은 내가 먼저 꺼냈다. 남자는 조금 놀란 얼굴이었다. 꼭 이 집에 붙어 있어야 할 의무 같은 건 애초부터 없었다. 여자는 엄마라기보다 자기 멋대로 집에 들어왔다 나가는 외부인에 불과했다. 그런 여자가 남자를 데려온 것은 일 년 전이었다.

남자는 처음 집에 왔을 때 쓰레기통을 뒤지며 거리를 헤맨 듯한 떠돌이 개의 모습이었다. 여자는 그런 남자를 이제 막 고등학생이 된 내게 맡기고 방으로 들어가 버렸다. 나는 난생처음 보는 다 큰 어른을 어떻게 해야 할지 몰라 멍하게 서 있을 뿐이었다.

한밤중이 되어서야 남자를 욕실로 데려갔다. 남자는 여전히 정신이 반쯤 나간 상태로 내가 하는 대로 가만히 있었다. 남자를 목욕 의자에 앉히고 팬티만 남긴 채 옷을 벗겨 냈다. 물을 틀어 간단하게 샤워를 시켰다. 비누칠을 해서 몸을 닦고 머리를 감겼다. 하다 보니 털이 복슬복슬한 커다란 개 한 마리를 씻기는 기분이었다. 이 남자는 대체 뭘까, 그를 씻기며 떠나지 않는 생각이었다.

성인 남자 옷이 없어서 고무줄이 늘어난 운동복을 입혔다. 운동복 바지는 남자의 발목 위로 한 뼘이나 올라올 정도로 작았다. 남자는 소파에 드러눕자마자 눈을 감고 쌔근쌔근 잠들어 버렸다. 나는 혀를 차면서도 방에서 담요를 꺼내 와 덮어 줬다. 남자는 그렇게 우리 집에서 군식구로 눌러앉게 되었다.

여자는 그다음 날 또 사라져 버렸다. 늦은 오후가 되어도 깨지 않는 남자를 보면서 여자 없이 어떻게 데리고 살아야 할지 걱정스러웠다. 남자는 내게 귀찮은 집안일 중 하나일 뿐이었다.

"……할머니가 이틀 만에 집에 돌아왔는데, 정신을 못 차리고 헛소리만 해. 아마 도깨비불이 할머니를 데려가려고 밖에서 막 부르나 봐. 그치?"

"글쎄, 그렇게 생각할 수도 있겠지……. 근데 병원에 먼저 데려가야 하는 거 아냐?"

'집에 있는 걸 못 견뎌하는 것도 병이다, 병!' 유일하게 한번 만나 봤던 외할머니가 여자에게 혀를 차며 내뱉던 말이었다. 그런 거에 한번 맛 들이면 어떤 약도 소용없다는데, 고작 이런 도깨비불 가지고 나올까, 의문이었다.

"할머니가 그런 덴 안 간댔어. 내 말 진짜야. 거기 있는 잎을 따다 먹이면 낫는다고 했단 말야."

"대체 누가 그런 말을 해?"

"어른들이 얘기하는 거 들었어. 부모님이 밖에 있다 돌아왔을 때도 그랬대. 그 잎을 못 먹어서 다시 나간 거라고 말야."

소녀는 필사적이었다. 자신이 믿는 것에 대한 확신을 스스로 만들어 내야 했다. 무엇이 소녀를 그렇게 끝까지 몰아붙이고 있는지 모르겠다. 아마 나도 그러고 있는지도 몰랐다.

남자에게 말을 하라고 소파 구석으로 밀어붙였다. 남자는 퀭한 눈으로 움직이지도 않고 소파에 시체처럼 늘어져 밥을 먹으려는 의지조차 없이 하루 종일 가만히 있었다. 남자는 방전이 되어 도저히 다시 충전하기 어려운 상태였다. 그런 남자를 보면서 나도 무력감에 빠져 헤어 나올 수가 없었다.

남자가 말을 전혀 안 해서 말을 못하는 건가 싶었지만, 그건 아닌 모양이었다. 남자는 온종일 가만있다가 갑자기 혼잣말을 하기 시작했다. 말을 하네, 했는데 무슨 주문을 외우는 듯이 전혀 알아들을 수가 없었다. 이거 왜 이래, 큰일 난 거 아냐, 내 방에 숨어 남자의 동태를 살폈다. 남자는 그러다가 다시 깊은 잠에 빠져들었다.

남자에게 해 줄 만한 것도 없었고 뭘 해 줘야 하는지도 몰랐다. 그런데도 남자의 상태는 점차 나아졌다. 소파에 앉아서 밥을 먹기 시작했다. 텔레비전을 보면서 점차 눈에 생기가 돌았고 오락 프로그램에서 재밌는 것이 나오면 간간이 미소 짓기도 했다. 그렇게 남자와 마주 보게 되기까지 석 달이 넘게 걸렸다.

"엄마 아빠는 아무 잘못도 없어. 아무것도 모르면서 욕하지 말란 말야."

소녀의 카랑카랑한 외침에 정신을 차렸다. 내가 무슨 말을 해서 소녀가 화가 났는지 알 수 없었다.

"그런 식으로 생각한 적 없어."

"얘기 안 해도 뭐라고 생각할지 뻔하단 말이야."

소녀의 눈에 또다시 눈물이 그렁그렁하게 맺혔다. 어른들이 지나치면서 그런 말들을 자주 했나 보다. 그걸 얼마나 많이 들었기에 누구나 다 그렇게 생각한다고 확신하는 걸까?

"아냐. 절대로 그렇지 않아. 그렇게 생각하는 사람도, 그렇게 생각하지 않는 사람도 있어. 본인한테 확인도 하지 않고 그렇게 믿어 버리는 건 너 또한 그 사람에게 상처를 주는 거야. 난 그렇게 생각하지 않아. 모든 어른들이 네 부모님을 욕해도 난 아니야."

소녀는 다른 손으로 내 팔을 잡았다. 그 손에서 축축한 물기가 느껴졌다. 정말 아닌 걸까, 난 뭐가 있기에 확신에 찬 말로 믿으라고 할 수 있는 걸까?

여자가 돌아올 것이라 믿었다. 항상 그랬으니까. 가면 언젠가는 다시 돌아오곤 했으니까 말이다. 하지만 마지막으로 여자가 집 나가는 걸 봤을 때 이런 생각이 들었다. 이번엔 돌아오지 않을 거라고. 다시는 이 집의 문턱을 밟을 일이 생기지 않을 거라는 확신이 들었다. 그런데도 여자를 붙잡지 못했다. '엄마, 가지 마.'라는 말은 언제나 입안에서만 맴돌았다.

어느새 나무 계단의 끝에 다다랐다.

"이제 어디로 가면 돼? 알고 있는 거야?"

"알고 있어. 가족이랑 가 본 적이 있으니까."

소녀는 내 손을 놓고 앞서 나가기 시작했다. 골짜기로 이어진 길로 올라갔다. 우거진 수풀을 벗어나니 또다시 끝없는 나무 계단이 나타났다. 소녀의 손을 다시 잡고 계단을 올랐다.

지금쯤 남자는 내가 어디로 갔는지 궁금해할지도 몰랐다. 주변에 관심이 없는 사람이라 그러지 않을 수도 있지만 남자가 나를 찾기 전에는 돌아가야 할 것 같았다. 하지만 소녀를 이대로 두고 갈 수는 없었다. 날이 조금씩 어두워지는 것 같아 두려운 마음이 들었지만 겉으로는 아닌 척 대담하게 굴었다. 나무 계단을 올라갈수록 울창한 나무숲에 가려 주위는 더 어두컴컴해졌다. 여름이라고는 하지만 아까보다 한결 더 추워진 듯했다. 소녀가 바라는 건 정말 그 나뭇잎일까?

"힘들지 않아?"

꽤 빠른 걸음으로 올라가고 있는 편이었다. 소녀도 거친 숨을 몰아쉬었다.

"잠깐만 쉬었다 갈까? 배는 안 고파?"

그나마 비에 젖지 않은 돌덩이를 찾아 앉았다. 소녀는 이마에 난 땀을 팔로 닦았다.

"비가 더 안 와서 다행이야. 그래도 미끄러우니까 조심해야해. 계속 갈 수 있겠어?"

소녀는 가방에서 무언가를 주섬주섬 꺼냈다. 오이와 옥수수였다.

"배고프면 이거 먹어. 어떻게 갈까 고민했는데, 언니가 함께해 줘서 다행이야. 이제 얼마 안 남았어."

한고비는 넘긴 것 같았다. 암자가 그리 높지 않은 곳에 있는 모양이었다.

"부모님은 나가셔서 아직 안 돌아오셨어? 할머니는 어쩌다 그러셨어?"

"아냐! 엄마는 꼭 오실 거야. 아빠 찾아서 나 데리러 올 거야. 그렇게 약속했어. 어른들은 그걸 안 믿지만."

소녀는 다리를 바위에 부딪치며 흔들거렸다. 나도 저렇게 믿을 때가 있었다. 하지만 그것이 헛된 믿음이고 곧 깨질 수 있는 유리라는 걸 말해 줄 수 없었다.

"할머니는 그날 꿈을 꾸셨어. 엄마가 커다란 과자 꾸러미를 들고 집에 왔다는 거야. 그날 내내 정류장에 나가 기다리고 계셨는데, 막차가 끊길 때까지도 엄마는 돌아오지 않았어. 자가용을 타고 올지도 모른다고 더 기다렸던 모양인데, 내가 걱정되어 서둘러 돌아오시려고 했대. 근데 항상 오가던 길이었는데도 어찌된 일인지 길을 잃어버렸나 봐. 할머니는 그렇게 정신이 없을 때를 귀신이 곡할 노릇이라고 했어. 마을의 불빛을 찾아왔는데 엉뚱하게 그 반대편 길을 헤매고 있었대. 날이 밝아서야 깜짝 놀라 집으로 돌아왔는데, 벌써 이틀이나 지나 있었다는 거야."

"할머니는 뭘 보셨대?"

"몰라. 자세한 건 얘기 안 하셔. 그냥 헤매기만 했대."

할머니는 정말 외계인에게 잡혔거나 귀신한테 홀렸는지도 모른다. 소녀의 엄마를 찾으러 갔다가 도리어 돌아오지 못할 뻔하지 않았는가.

소녀가 입에 손가락을 갖다 대며 쉿, 소리를 냈다. 목소리는 더욱 작아졌다.

"할머니가 저리 가, 라고 잠꼬대하는 소리를 들었는데. 뭔가가 있긴 했나 봐. 가끔 경기를 일으키기도 하고 손가락을 들어 허공을 가리키기도 하고…… 윽."

소녀는 몸을 부르르 떨었다. 그때의 기억을 떠올리기만 해도 몸이 오싹한 모양이었다.

"가끔 이런 말도 했어. '넌 여기서 뭐 하느냐?' 아니면 '싫다, 나는 안 간다!' 이렇게 말야."

소녀는 자신의 목을 조르며 나름대로 허스키하고 떨리는 목소리를 흉내 냈다.

"근데 어른들은 자꾸 할머니가 곧 죽을 거라고 야단이야. 나만 보면 할머니 괜찮으시냐고 항상 물어봐. 반드시 죽었다는 소식을 듣기라도 하겠다는 듯이 말이야."

소녀 또한 견디기 힘들었을 것이다. 아무리 소녀와 할머니를 걱정해서 한 말이라고 하지만. 소녀는 너무 어릴 때부터 철이 들어가고 있었다.

"이만 가자."

소녀의 손을 잡아 일으켰다.

남자는 간간이 소파에 앉아 손거울을 자신의 옷으로 닦았다. 목이 말라 물을 마시러 나왔을 때도 그는 손거울을 가슴에 품었다가 들여다보고 있었다. 이제 꽤 많이 친해졌다는 생각에 소파에 누운 남자의 머리를 쓰다듬으며 왜 그러느냐고 물었다. 힘을 내라는 의미였지만 남자에게는 단지 하찮은 동정일 뿐이었다.

남자는 내 손을 내치며 "날 가만히 내버려 둬!"라고 말했다. 하지만 나는 그동안의 보살핌에 대해 어느 정도 보상받고 싶었다. 은혜를 베풀던 위치를 확인받아야 했다. 남자의 얼굴을 가슴에 안았다. 그동안 그랬던 것처럼 지금도 내게 기대라고 말이다. 하지만 남자는 나를 거칠게 밀쳐냈다.

지금까지 그는 내가 하는 대로 그냥 내버려 두는 편이었다. 그것은 내가 고마웠기 때문이었을까, 아니면 그저 어떤 반응도 하기 귀찮았던 것이었을까. 아마도 그는 후자 쪽에 가까웠던 모양이었다.

나는 남자를 고생하며 돌봐 준 것이 생각나 화가 치밀었다.

소파에 있던 베개를 들어 남자를 마구 때렸다. 남자는 막을 생각도 없이 소파 구석으로 몸을 더욱 옹송그렸다. 그렇게 한참 동안 남자에게 베개를 휘둘렀다. 그러다 남자가 가슴에 품고 있는 거울을 빼앗아 바닥에 패대기쳐 버렸다. 거울이 깨져 산산조각 났다. 숨은 찼지만 무엇 때문인지는 몰라도 마음이 한없이 상쾌해졌다.

남자는 손이 다치는 것도 개의치 않고 조각난 거울을 모으려 했다. 그런 모습이 왠지 보기 싫어서 쓰레받기를 가져와 모두 쓸어 담아 쓰레기통에 버렸다. 이제 제발 바보 같은 짓 좀 그만하라고 소리를 지르면서.

나무 계단이 거의 끝나가고 있었다. 그 너머에 커다란 나무 한 그루가 자리를 차지하고 있었다. 소녀가 가고자 했던 곳에 곧 도착할 듯했다. 하늘에 먹구름이 까맣게 몰려들었다. 소녀는 감기에 걸린 듯 콜록거렸다. 소녀를 위해서든 나를 위해서든 서둘러야 했다.

"날이 더 추워지네. 조금만 참아. 거의 다 온 거지? 네가 찾는 나뭇잎이 저건지도 모르겠다."

소녀는 입을 막고 고개를 끄덕이며 발에 힘을 주어 걸었다. 이쪽 등산로는 많이 이용하지 않는 길인지 사람이 다닌 흔적이

별로 없었다.

"언니는 이 산에 와 봤어?"

"응. 어렸을 때 가족이랑 왔었어. 마지막으로 산을 보고 가서 좋네."

"요즘엔 안 와?"

"다들 사느라 바쁘거든. 각자……."

소녀는 많이 힘든지 숨을 거칠게 쉬며 뒤로 처지기 시작했다. 어린 아이에겐 다소 힘든 길이었다. 소녀의 손을 잡아끌었다.

"이틀 동안 나 혼자 집에 있었는데, 그때 무슨 생각을 했는지 알아?"

나는 가만히 고개를 흔들었다.

"나도 떠나고 싶었어. 가장 편한 곳이 집이라던데. 나한테는 그날 밤 내내 너무 무서운 곳이었어. 밖에서 개가 짖어서 불도 못 껐어. 나도 다들 가는 곳으로 함께 가고 싶었어."

소녀는 앞으로도 그렇게 혼자 지내야 하는 시간이 많을 것 같았다. 자신도 그걸 느끼기에 이렇게 말도 안 되는 일에 필사적으로 매달리고 있는 게 아닐까 싶었다.

드디어 고즈넉한 암자에 들어섰다. 사람의 흔적은 어디서도 찾을 수 없었다. 절 내부의 중앙에는 두 그루의 나무줄기가 꼬여 자란 아름드리나무가 있었다. '난 외로우니까, 너만은 내 곁에 있어 줘. 어디로든 떠나지 마.'라고 서로를 껴안으며 속삭이는 듯했다.

"도깨비불이 어디에 있을까? 그게 나타날 때까지 여기서 계속 기다려야 하는 거야?"

"……나도 모르겠어. 좀 둘러봐야 할까 봐."

"내 생각인데, 잎사귀라는 게 저거 아닐까? 뭔가 있어 보이는데. 그냥 저거 따 가는 게 어때? 벌써 날이 저물어 어두워지고 있잖아."

소녀는 고개를 저었다. 눈빛은 잔뜩 겁먹은 눈치인데, 끝까지 도깨비불을 기다리려는 모양이었다. 역시나 황소고집이었다.

"난 그렇게 못 해. 가려면 언니 혼자 가. 여기까지 데려다줘서 고마워."

소녀는 그렇게 말하고 커다란 나무 아래로 가서 털썩 앉았다.

남자와 떠나는 건 아마 잘못된 일인지도 몰랐다. 그것도 여자 몰래 떠나려고 작정한 일이었다. 아니, 그 전에 여자가 먼저 영영 집에 돌아올 생각이 없을지도 모르겠지만.

남자를 내 맘대로 하는 재미에 한창 빠져 있을 때였다. 남자는 고무풍선처럼 나의 스트레스 해소용이었다. 여자는 남자를 내게 던져 놓고 얼굴을 딱 한 번 비쳤을 뿐이었다. 남자는 어른이라기보다 장난감 같았다. 눈썹을 밀어 버리고 더벅머리를 만들어 놓고 여자 옷을 입혀 보기도 했다.

먹구름이 더 두껍게 쌓인 하늘을 한번 보고 소녀에게 다가가 그 옆에 앉아 버렸다. 이젠 어떻게 돼도 좋았다.

친구들과 어울리다가 어떤 남자애와 손을 잡게 되었다. 손은 부드러웠지만 별다른 느낌이 들지 않았다. 여전히 소파 주위를 서성이고 있을 남자가 떠올랐다. 그의 손은 굵고 투박하고 거칠었다. 남자의 손을 생각할수록 왜 마음이 싸하게 아려 오는지 알 수 없었다. 남자는 그저 감정 없는 장난감일 뿐인데, 자꾸만 살아 있는 생명체가 되려고 했다.

그날도 남자의 어깨에 기대 손을 만지작거렸다. 그 어깨에 기대면 시간이 사라지는 듯했다. 그때 여자가 아무 기척도 없이 집에 들어왔다. 여자는 우리를 가만히 바라보다 몇 가지 물건을 챙겨 도로 나가 버렸다. 여자는 입을 굳게 다물고 찬바람을 쌩하게 일으켰다. 나도 보란 듯이 남자와 깍지 낀 손을 위아래로 세차게 흔들었다. 남자는 그런 나를 가만히 내버려 두었다. 문이 쾅 닫히자 움직이던 팔이 소파에 툭 떨어졌다. 몸에서 에너지가 모두 빠져나간 듯 너무나 지쳐 졸음이 쏟아졌다. 마음속에

슬픔이 조금씩 차오르며, 온몸이 돌처럼 굳어지는 것 같았다. 이제 다 끝이었다.

남자와 떠난다고 모든 게 전처럼 돌아가진 않을 것이다. 매일 부모와 얼굴을 마주 대하고, 함께 밥 먹고, 공부하라는 잔소리를 듣는 것이 내겐 불가능한 일이었다. 남자를 데려가는 건 내게 큰 짐이 될 것이다. 남자는 그저 고장 나면 버리는 피규어일 뿐이었다. 그런 장난감도 키우려면 부담이 되었다. 인형도 가족이 되면 책임을 져야 했다. 하지만 그 책임의 무게가 어떤 사람에겐 점점 더 가벼워졌다. 슬픔은 분노가 되어 끓어올랐다.

"너도 그 집에서 매일 누군가를 기다리는 게 지겹지 않아? 이젠 네가 떠나 버리는 거야. 어때?"

소녀는 오이를 와그작와그작 씹어 먹다가 목에 사레가 들려 기침을 해 댔다.

"무슨 말이 그래? 내가 기다리는 거랑 밖에 있는 사람이 돌아오고 싶은 거랑 비슷한 마음일 거야."

"네가 그렇게 믿고 싶은 것뿐이야. 너도 떠나 버리면 다시는 무서워하지 않아도 돼. 그런 부모는 아예 없는 게 더 좋을 거야."

소녀는 내 말에 오이를 바닥으로 던져 버렸다.

"언니가 뭔데 우리 엄마 아빠를 욕해? 하나도 모르면서 알은
척하지 마."

나도 누군가가 저렇게 말해 주길 마음 깊은 곳에서는 원했는
지 모른다. 엄마가 돌아온다는 건 헛된 희망일 뿐이지만 아직은
포기하고 싶지 않은 마음이 솔직히 남아 있었던 모양이다. 소녀
가 화를 내자 도리어 마음이 편안해졌다.

"어? 저거!"

완전한 어둠에 감싸이기 직전 멀리서 작은 불빛이 반짝거렸
다. 우리는 벌떡 일어나 뛰어갔다. 그곳에는 조그만 석등에 촛
불이 켜져 있었다. 아무도 없는 절에 누가 불을 켜 놓고 갔는지
알 수 없었다.

석등 뒤쪽에는 항상 변함없는 모습으로 서 있을 것 같은 소
나무가 있었다.

"이건가? 소나무 잎을 따 가서 물에 넣으면 되는 거야?"

소녀는 두 손을 모아 기도하고 소나무 잎을 하나씩 뽑았다.
가족 수만큼 뜯고 내게 몸을 돌려 웃었다. 그 웃음이 너무나 해
맑았다. 그래서 나도 모르게 소나무 잎을 한 개 따서 주머니에
넣고 말았다.

우리는 올라왔던 산길을 뛰듯이 내려갔다. 올라갈 때와는 반

대로 우리는 아무 말도 하지 않았다. 평지로 내려와서 철길을 따라 걸었다. 아까는 느끼지 못한 알싸한 향내가 퍼져 나갔다.

소녀는 집에 가서 소나무 잎을 정화수에 띄우고 정성스럽게 기도할 것이다. 자신에게 남은 유일한 가족이랄 수 있는 할머니가 정신을 차릴 수 있도록. 부모님을 기다리는 것이 헛된 일이 되지 않도록. 자신의 모든 힘을 쏟아부으며 간절히 바랄 것이다. 그리고 잎을 넣고 끓인 물을 할머니에게 줄 것이다. 그럼 정말 모두가 집으로 돌아오게 될까?

소녀와 철길 건널목에서 헤어졌다. 이번에는 아무리 기다려도 차단기가 내려오지 않았다. 두 량짜리 기차라도 지나가면 돌아서기가 더 편했을지 모르겠다. 짙은 어둠 속으로 소녀의 하얀 장화가 공중을 나는 듯이 사라져 갔다.

남자는 언젠가 더듬거리며 이런 말을 한 적이 있었다.

"난 화장실이 좋아. 세상에 딱 그만한 공간만 있으면 행복할 것 같아. 지하철 화장실에서 하루 종일 나오지 않을 때도 있었어. 그마저도 곧 쫓겨나고 말았어. 나는 세상에서 그만한 공간도 가질 수 없었던 거야."

남자는 정말 그럴 수도 있을 것 같았다. 소파에서 생활할 때도 그곳에서 거의 움직이지 않았던 것처럼. 그런 남자를 또 자신만의 공간에서 쫓아낼 수는 없었다. 우리는 그저 자기만의 공간을 찾아 헤매고 있는 건지도 몰랐다.

나 또한 길을 떠났다. 집이 아닌 세상으로.

서로에 대한 기대는 내가 만들어 낸 환상일 뿐이었다. 엄마는 한번도 돌아오지 않았고 남자는 처음부터 집에 온 적이 없었다. 나는 이제 아무도 기다리지 않을 것이라고 스스로에게 다짐했다.

날은 더 어두워졌다. 가로등 불빛조차 없는 곳은 한 치 앞도 보이지 않았다. 산 중턱에서 도깨비불이 오라고 막 손짓을 해댔다. 저곳에 가면 정말 기다리는 사람을 만날 수 있는 것인지 나도 손을 내밀어 보고 싶어졌다. 모든 게 환상일지라도.

골목잡이

이곳엔 출구조차 없었다.
이들을 밖으로 나가게 할 수 있는 건
길을 만들어 달리는 골목잡이뿐.

★★★

오늘도 아버지를 찾아 나섰다.

집을 나가면 꼬불꼬불하게 이어진 골목길이 나왔다. 이곳엔 반듯한 길이 하나도 없었다. 매끈한 도로에 서면 내 속을 하나도 빠짐없이 들춰내는 기분이 들었다. 그에 비해 복잡하게 구불구불 뒤엉킨 골목길은 나를 꼭꼭 숨겨 주었다.

이 좁은 골목 사이로 얇은 합판에 시멘트를 바르고 비닐을 두른 집들이 다닥다닥 붙어 밀집해 있었다. 날이 저물자 길은 금세 어두워졌다. 스산한 슬레이트 지붕은 몸빛을 흑색으로 바꾸었다. 세찬 바람이 한 차례씩 불 때마다 지붕은 무너질 듯 낮게 웅크렸다.

굽은 길을 돌아가면 이름만은 거창한 대박슈퍼가 있었다. 구멍가게 주인은 돈이 생기는 족족 로또를 사는 데 써 버렸다. 그게 대박으로 당첨될 거라고 생각하는 마을 사람은 한 명도 없었다. 슈퍼 앞에 놓인 평상은 골목길의 반 이상을 차지했다. 평상은 부러진 다리 대신 각목으로 얼기설기 엮였고 빗물이 흐른 자국을 따라 검게 썩어 들어갔다. 더운 여름날 해가 지면 마을 남자들은 땀 냄새를 풍기며 술을 마시려고 이곳에 모여들었다. 그럴 때면 평상이 부서질까 엉덩이에 힘을 주며 조심스레 앉아야 했다. 그것도 밤 날씨가 쌀쌀해지면 거의 모이지 않게 되었다. 그저 뻐근한 몸을 이끌고 바람이라도 막아 주는 집에서 이불을 둘러쓸 뿐이었다. 그런 날이면 마을은 겨울 해보다도 더 빨리 저물었다.

슈퍼를 지나 갈림길이 나타났다. 오른쪽 길은 대로변으로 통했다. 아버지는 큰길로 나가는 걸 싫어했다. 왕복 팔차선 도로변에 서 있다 보면 차 소리만 머릿속을 울리고 세상이 붕 뜬 느낌이라는 거였다. 주위에서 아무 짓도 하지 않는데 혼자서 그렇게 느낀다면 병원에 가 봐야 하는 거라고 말해 줬다. 그는 낮에도 빛이 들어오지 않는 방문 앞에 앉아 고개만 흔들었다. 항상 그랬다. 딱히 할 말이 없으면 아귀가 맞지 않는 미닫이 문 앞으로 달려갔다. 엄지손가락만큼만 열어 놓은 문틈으로 하루 온종일 밖을 내다보기만 했다. 그곳에 앉아 프레스에 잘려 마디가 짧아진 엄지손가락의 허전함을 채워 넣고 있는 듯했다. 그가 바라보는 세계 속에서 대로변으로 통하는 길은 꿈에서도 찾을 수 없었다.

왼쪽 길로 향했다. 길은 더욱 좁아져 두 사람이 지나가기도 힘들 정도였다. 누군가 벽면에 '오늘 밤 12시에 X하자'라고 낙서해 놓았다. 옆에 화살표를 쫙 긋고 '안 나오면 죽인다'라고 쓰여 있었다. 다시 그 아래엔 빨간 크레파스로 '뻥치네, 씨발 병신들'이라고 휘갈겨 놓았다. 전봇대 아래엔 밤 동안 뜨내기가 뱉어 낸 토사물이 지워지지 않고 그 흔적이 남았다. 악취가 나는 쓰레기 더미가 전신주를 감싸 안았다.

가끔 전봇대를 올라타고 싶었다. 손을 뻗으면 하늘에 닿을 수 있을 듯했다. 아찔한 현기증이 온몸을 감싸는 것 같았다. 전신주에 머리를 기댔다. 그러자 패거리와 어울리며 밤을 지새웠던 날들이 떠올랐다. 현태는 게워 낸 음식물에 그대로 쓰러져 또다시 넘어오려는 울음을 삼켰다. 그의 바지가 강제로 벗겨져 웃음거리가 됐다. 난 패거리에서 쫓겨나기 싫어 그들과 함께 현태를 비웃고 말았다. 고등학생이 되면서 내게 친구란 전투의 다른 이름일 뿐이었다. 그 전투에서 살아남아야 했다. 과장된 행동으로 더 크게 웃었다. 시간이 아무리 흘러도 그 순간은 잊히지 않았다.

모퉁이를 돌아 나가면 길이 점점 더 넓어졌다. 조금 더 걸어가 간판도 없이 들어선 수선집으로 향했다. 발길을 옮기려다 멈칫거렸다. 개 두 마리가 길 한가운데서 엉덩이를 맞대고 있었다. 한 마리 개가 귀를 축 늘어뜨리고 날 처량한 눈빛으로 올려다봤다. 내 눈에 안 띄는 곳에서 하라며 걷어차 버리려던 발을 도로 내려놓고 말았다. 옆으로 슬금슬금 기어가는 개의 몸짓이 아침마다 눈치를 보는 나를 상기시켰다.

최근 골목잡이를 하면서 몽정을 자주 경험했다. 꿈속에서 나는 신나게 골목을 달리다 막다른 길에 다다랐다. 그곳은 전혀 다른 감각을 느끼게 만들었다. 옷을 다 벗은 여자가 춤추며 다가와 내 몸을 쓰다듬었다. 더 이상 참을 수 없다는 듯한 희열이 섞인 신음에 스스로 깜짝 놀라 잠에서 깨곤 했다. 일어나면 바지춤에서 느껴지는 끈적끈적함에 주먹이 불끈 쥐어졌다. 거칠게 내뱉는 달뜬 숨소리에 불협화음이 끼어들었다. 아버지였다.

아버지는 언제 일어났는지 미닫이문을 열고 밖을 내다보고 있었다. 내가 일어난 걸 전혀 모르겠다는 듯 아무 표정 없이 앞만 바라봤다. 그의 등 뒤에 놓인 재떨이에서 꺼지지 않은 담배가 연기를 피워 올렸다. 순간 얼굴이 화끈거렸다. 나는 머리카락을 축 늘어뜨리고 슬몃슬몃 방에서 기어 나갔다. 꿈꾸기 싫어 잠들지 못하는 날들이 이어졌다. 그에게 몽정하는 걸 보이느니 잠을 못 자 고통스러운 게 더 나았다. 눈을 찔끔 감았다. 개 두 마리는 어디에도 보이지 않았다.

새시 문을 밀고 수선집으로 들어갔다. 시멘트 바닥엔 천 조각과 실이 수북이 쌓여 어지러웠다. 내가 문을 닫자 재봉틀 돌리는 소리가 멈췄다. 재봉틀 주변에는 책들이 위태롭게 쌓여 있었다. 그녀는 변신을 꿈꾸는 사람들에 대한 책을 즐겨 읽었다. 특히, 임산부의 모습이 가장 황홀하게 변신한 모습이라고 했다. 열 달 동안 진행되는 환상적인 쇼와 같다고. 그건 그녀에게 손에 잡히지 않는 아지랑이 같기도 했다.

"오늘도 찾으러 다녀? 알아서 오시겠지. 애도 아니고."

그녀는 이 마을에 들어온 지 일 년도 채 되지 않았다. 처음엔 그녀를 보고 몸이 달아오르기도 했었다. 매일 수선집 앞에서 그녀를 지켜보았다. 그러다 내 눈빛을 받아 준 그녀는 나를 꼭 안아 줬다. 그 품 안이 너무나 따뜻해 야한 생각은 전혀 들지 않았다. 그녀의 풍만한 가슴에 파묻혀 잠을 잘 뿐이었다. 그녀는 내가 만족할 때까지 그대로 있어 주었다. 그 뒤로 수선집을 자주 찾아가 그녀가 자장가처럼 들려주는 삶의 낱알들을 가슴에 새기며 잠들었다.

그녀는 남편이 부도를 내고 자살하자 빚에 쫓기다 들어온 사십 대 중반의 여자였다. 그녀의 남편은 아기를 원하지 않았다. 남편은 자기 엄마를 볼 때처럼 그녀를 봤다고 한다. 그에겐 여자보다 엄마가 더 필요했던 것이다. 강인해 보이기만 했던 그는 밤마다 포근히 안아 줘야 안심하고 푹 잘 수 있는 어린아이일 뿐이었다.

"오늘은 얼마나 찔렀어?"

그녀는 반년 전부터 생활비라도 벌어 볼 요량으로 헌 재봉틀을 갖다놓고 수선집을 차렸다. 손재주가 있는 것도 아니고 그저 집안일만 했던 그녀는 하루에도 몇 번씩 손가락을 바늘에 찔렀다. 퉁퉁 부어오른 손가락은 구부리는 것도 힘들어 보였다.

"뭐, 여전하지. 일감도 없는데 연습이나 하고 있었어. 어때?"

팔과 가슴 부분에 알록달록한 천을 덧댄 윗옷이었다. 그녀는 습관적으로 '삶이 무력하다'는 말을 내뱉었다. 도저히 '아니'라고 고개를 흔들 수 없었다. 좋네…… 하고 끝을 흐리며 웃어넘기려고 했다. 나를 뚫어지게 보던 그녀는 윗옷을 멀리 던져 버렸다. 땅바닥엔 이미 많은 천들이 더미를 이루고 있었다. 그녀는 재봉틀 위에 다른 옷감을 올리고 자세를 바로잡았다.

"아버진 내가 아니면 거기서 못 빠져나와. 담에 또 올게."

그녀는 시뻘겋게 달아오른 손을 흔들었다.

밖으로 나오자 벌써 캄캄한 밤이었다. 거리에는 희미한 가로등 불빛만이 내려앉았다.

현태와 함께 가로등을 깨고 다닌 적이 있었다. 처음엔 그저 단순한 돌 던지기 놀이였다. 그러다 짭새에게 쫓기게 되면서 도망을 위한 연막탄이 되었다. 그들이 계속 쫓아오면 달리다가 가로등을 하나씩 깨 버렸다. 그러고 정신없이 달리면 끝이었다. 그들은 순간 어두워진 시야에 당황하며 우리를 놓치기 일쑤였다. 하지만 가로등 깨기는 아주 위험한 찰나가 아니면 하지 않았다. 괜히 짭새들의 경계심만 높일 수 있었기 때문이다.

아버지는 의외로 고집불통이었다. 쓸데없이 고집을 부려 어머니도 결국 집을 나가고 말았다. 거듭되는 실패 속에서 그의 신념은 이상한 방향으로 뻗어 나갔다. 이 세상에 필요 없는 존재는 죽어야 한다며 땅을 팠다. 구멍 깊숙이 흙을 퍼낼수록 세상은 숨 막히게 높아졌다. 현기증이 일어나는 중에 아버지는 얼핏 저 하늘 너머를 바라보았다. 아버지는 우뚝 솟은 타워팰리스가 자신을 찍어 누르는 것 같다고 했다. 아버지는 그 중압감을 견디다 못해 자신이 판 구덩이 속으로 숨어들고 만 허약한 인간이었다. 땅에 파묻혀 죽으려다 도리어 세상에서 가장 아늑한 은신처를 만들어 낸 꼴이었다. 어머니는 그런 행동을 참아낼 수도 이해할 수도 없었다.

얼마 가지 않아 왼쪽으로 고샅이 나타났다. 그 반대편에 있는 미용실은 파마약 냄새를 연방 풍겼다. 마을 여자들의 머리는 거의 비슷했다. 그녀들은 꼬불꼬불한 머리칼이 머리에 짧게 달라붙을수록 파마가 잘된 거라고 했다. 이해하기 어려운 건 무슨 행사가 있으면 그걸 애써서 다시 폈다. 그때는 머리가 더 부풀수록 좋아했다. 오랜만에 빨간 립스틱을 바르고, 옆구리에 작은 가방을 들고, 펑퍼짐한 엉덩이를 흔들며 가는 뒷모습은, 영락없이 자식을 품다가 먹이 섭취를 위해 바다로 향하는 펭귄 떼였다. 어머니는 그곳에서 매일 저녁 뭘 했던 것일까?

넓은 길은 한마음 노인정과 마을회관으로 통했다. 노인정은 가다가 다시 왼쪽 길로 오 분 정도 더 걸어가야 했다. 아이들을 함께 돌보느라 노인정은 주변 꼬마들의 놀이터가 되어 언제나 정신이 없었다. 마을회관은 큰 컨테이너 박스가 놓여 있는 곳이었다. 활동적인 젊은이들이 모여 자치회를 결성했다는 설명이

팻말에 적혀 있었다. 마을의 어려운 일들을 함께 해결하고 전국에 우리 사정을 알리자는 차원에서 만들어졌다고 한다. 그들은 매일 밤 무엇을 그리도 열심히 의논하는지 늦게까지 불이 꺼지지 않을 때가 많았다.

미용실에서 발걸음을 돌려 골짝으로 향했다. 경사가 점점 급해졌다. 언덕길을 오를수록 폭이 좁아져서 나중에는 한 사람이 겨우 지나갈 정도가 되었다. 아버지는 평소 고지대에 자리 잡은 집들을 무슨 신선이 사는 곳이냐며 빈정거렸다. 그가 자주 말했듯이 무엇이든 위에서 내려다보는 건 좋지 않았다. 키가 큰 것도, 높은 자리에 있는 것도, 심지어 창문닦이조차도, 세상을 바라보는 시선은 오만하다고 할 수 있었다. 사실 키와 자리는 아무 상관도 없었다. 단지 문제는 창문닦이였다.

어머니가 다른 남자를 따라갔던 것은 아버지가 직업이 없기 때문만은 아니었다. 미용실의 달방에 세든 창문닦이가 매일 저녁 어머니를 그곳에 있게 했던 이유였다. 어머니가 그곳에서 만난 건 마을 여자들뿐만이 아니었다. 창문닦이는 어머니에게 미래를 보여 줄 수 있었다. 항상 위를 동경했던 어머니는 창문을 닦으면서 바라본 별천지에 대해 전해 듣는 것만으로도 희망에 부풀었다. 어머니는 땅만 바라보고 이젠 아예 땅에 파묻히려고 애쓰는 아버지와는 전혀 다른 곳을 바라봤다. 자연히 아버지와 어머니 사이에는 공유할 뭔가가 없었다. 공감대가 없는 부부는 높은 담을 쌓아 가며 침묵했다. 그래도 서로를 외면하지는 않았었다.

아버지는 매일 저물녘이면 이렇게 나와 모든 길들을 훑어 나갔다. 어머니를 찾아 시작된 골목길 순례는 하루 이틀로 끝나지 않았다. 그는 지도라도 그릴 듯 골목길 이곳저곳을 탐색해 나갔지만 길은 더욱 복잡하게 꼬이기만 했다. 그만큼 이곳이 미로처럼 얽혀 있기 때문이었다. 수선집 여자는 나른한 품속에 있던 내게 라비린토스에 대해 이야기해 주었다.

괴물 미노타우로스를 가두기 위해 미노스가 만든 미궁 라비린토스는 통로가 온통 꼬불꼬불하게 만들어져서 한번 들어가면 나오는 문이 어디 있는지 도저히 알 수 없었다. 영웅 테세우스는 괴물을 죽이고 미노스의 딸 아리아드네가 준 실타래를 따라 미궁에서 빠져나올 수 있었다.

나는 이야기를 들으면서 얼마나 엉켜 있기에 한번 들어가면 나오지 못하고 죽을 때까지 헤맸을까 궁금했다. 그 미궁처럼 길이 얽혀 있는 이곳도 무엇을 가두기 위해 지어진 곳일까? 괴물 미노타우로스가 모든 골목길을 지배하에 두고 매년 소년과 소

녀들을 재물로 바치게 하고 있는지도 몰랐다. 생각해 보면 우리
는 미로 속에 갇힌 괴물보다 미로 밖에서 우리를 이곳으로 떠
민 사람들이 더 무서워 도망쳐 온 것이다.

가파른 경사를 오르다 오른쪽 길로 빠져나갔다. 이 길로 가
다 보면 집은 별로 없고 널따란 공터가 나왔다. 이곳에서는 누
군가가 텃밭을 가꾸기도 했고 쓰레기를 태우거나 땅에 묻기도
했다. 이 공터가 바로 아버지의 은신처였다.

그는 까만 밤하늘이 무서워 잠을 잘 못 잤다. 지붕이 내려앉
거나 하늘이 무너질 것 같다며 공포에 질려 부들부들 떨었다.
그는 결국 방구석에 웅크린 채 겨우 잠이 들고는 했다. 그게 더
욱 심해지자 이 공터에 땅을 파기 시작한 것이다. 그는 정말 거
짓말같이 땅속에서 깊은 잠에 빠져들었다. 어머니가 대체 뭐하
는 짓이냐고 끌어내려 하면 그는 미쳐 날뛰며 어머니의 손을
뿌리쳤다.

"놔! 놓으라고. 난 여기 있을 테니까."

"뭐? 이 화상아! 거기에 금딴지라도 묻어 뒀어? 죽은 놈처럼
왜 땅을 파서 들어가려고 해?"

"이 여편네야, 넌 몰라. 날 좀 가만히 내버려둬! 여기가 그 어
디보다 따뜻해. 네년의 말라비틀어진 품보다 말야, 크흐흐."

어머니의 붉어진 얼굴을 보고 그는 눈을 빛내며 오싹하게 웃었다. 어머니는 몸을 부르르 떨며 집으로 돌아가 버렸다.

어머니가 시도해 본 건 아주 다양했다. 먼저 겨울에는 찬물을 그의 얼굴에 뿌렸고, 어떤 때는 얼음찜질을 시도하기도 했고, 삽으로 직접 흙을 퍼내기도 했다. 처음에는 이불을 덮어 주기도 하고 비가 오면 우산을 얼굴에 받쳐 주는 친절을 보이기도 했지만, 나중에는 결국 진절머리를 내고 말았다. 더 이상 신경 쓰기 싫었던 어머니는 시멘트를 사다 그가 눕는 자리에 단단하게 발라 버렸다. 그는 그걸 밤새도록 두드려 깨는 데 몰두했다. 어머니는 고개를 흔들며 씁쓸한 미소를 지었다. 집에서는 가슴 치는 소리와 긴 한숨이 끊이지 않고 흘러나왔다. 내 눈에 비친 아버지는 알 수 없는 광기에 휩싸인 듯한 모습이었다.

땅속에서 그는 대체 무엇을 찾으려 했던 걸까? 그의 숨소리가 크게 들렸다. 언제까지 이래야 할까? 앞으로 얼마나 더 견뎌야 할까? 엷은 안개에 흐릿한 밤하늘은 작은 빛조차 내보내지 않았다. 아무것도 보이지 않는 공간이었다. 하얀 입김이 허공을 타고 올랐다. 흙더미를 발로 차면서 머리를 흔들었다.

땅속에서 잠든 아버지를 꺼냈다. 아버지는 지친 듯 내 손길을 따라 몸을 기대 왔다. 밤이 내려앉은 길을 타박타박 걸어 내려갔다. 길에는 행인이 없었다. 마을은 어느 때보다도 더 이른 시간에 무겁게 가라앉았다. 바람에 날리는 가루눈만이 가로등 불빛에 길을 만들며 우리를 안내했다.

이 마을 대부분은 나무판자와 비닐로 지어졌다. 서울에서 알아주는 부자 동네라고 알려진 이곳에도 이런 빈민촌이 존재하리라고는 상상조차 못 할 것이다. 불에 잘 타는 재료들로 지어진 집이라 불이 나면 사라지는 건 순간이었다. 소방차가 여기까지 쉽게 들어오지도 못했다. 게다가 먹고살기에 급급한데 전기 배선 문제까지 일일이 신경 쓸 여력 또한 없었다. 어떤 영화에서 봤던 것처럼 작은 불씨 하나로 도시에 불을 지르고 여유롭게 시 한 편을 지어냈던 황제가 될 수 있는 것이다.

방에 그를 앉혔다. 그는 이미 너무나 지쳐서 자신의 몸도 가눌 수 없을 정도였다. 한껏 쌀쌀해진 바람이 머리카락을 헝클였다. 방문을 닫고 이불을 깔아 그를 눕혔다. 그는 너무나 가볍고 작았다. 점점 더 작아지는 것만 같았다.

나도 방에 누웠다. 잠이 오지 않았다. 천장에 손을 뻗어 보았다. 잡히는 건 아무것도 없었다. 어렸을 때 북두칠성 자리로 붙여 놓은 허연 별만이 하늘에 뭔가가 있다는 걸 확인시켜 줄 뿐이었다. 별은 여전히 잡을 수 없었다. 삭아 버리고 빛바랬는데도 끈덕지게 천장에 달라붙은 별은 아마 얼마 버티지 못하고 떨어질 것이다.

내일은 또 무엇에 빌붙어 뱃속을 채울까? 고민을 하며 흐릿해지는 정신 속으로 빠져들어 갔다. 별조차 뜨지 않은 아주 깜깜한 밤이었다.

여명과 함께 스며 들어온 추위에 몸을 떨었다. 벽 구석으로 더욱 파고드는데, 양철로 된 세숫대야가 땅에 부딪히는 소리가 들렸다.

"이년아, 나니까 니를 데리고 살지. 돈 못 내놔!"

"이 새끼야, 어디 가서 한 푼이라도 벌어 와 봐라."

남자의 굵은 목소리 뒤에 여자의 악에 받친 소리가 들려왔다. 남자는 오늘도 새벽에 일을 구하지 못한 모양이었다. 이웃 사람들이 뜯어말리느라 소음은 더 커졌다. 귀를 막으면 막을수록 여러 소리는 형태를 만들어 가는 듯 더욱 선명해졌다. 몸을 뒹굴다가 끝내 참지 못하고 이불을 걷어차며 일어나고 말았다. 열어 놓은 문에서 새벽의 한기가 훅 끼쳐 들어왔다.

아버지는 벌써 깨어나 있었다. 그는 문을 조금 열어 놓고 앞에서 뭔가 꼼지락거렸다. 뭘 하는지 다가가서 힐끔 보았다. 대박슈퍼 쓰레기통에서 뒤져 낸 듯한 종이컵에 흙을 넣고 풀을

심고 있었다. 그렇게 놓인 컵들이 작은 바구니에 담겨 오밀조밀 자리를 잡았다.

"쓸데없이 뭐하는 거야?"

"골목길 가장자리에서 캔 거야. 이건 달걀 모양 비슷한 돌피, 줄기가 붉은색을 띤 쇠털골, 완두콩 비슷한 바랭이, 뭔가를 기다리는 듯이 수줍게 망울을 터트린 별꽃이다. 어떠냐, 앙증맞지 않나?"

며칠 전부터 그는 골목길을 헤매면서 낡은 점퍼 주머니에 잡초들을 모아 왔다. 방구석에 컵들을 놓고 작은 화단처럼 만들었다. 그의 꿈이 넓은 마당에 화단을 가꾸는 거라는 걸 알았지만 이건 아니었다. 한번은 그에게 물은 적이 있었다.

"그런 걸 뭐에 쓰려고 그래? 키워서 시장에라도 내다 팔 거야? 누가 사 가겠어?"

"날씨가 추워지는데 땅바닥에서 지내게 할 수는 없잖아."

"잡초들은 그런 거 바라지도 않아. 그걸 견디니까 잡초인 거지. 안 그래?"

볼멘소리로 내뱉은 말에 그는 심하게 헛기침을 해 댔다. 그는 아직도 어머니가 골목길을 헤매고 있을 거라고 생각했다. 그녀를 찾아다니며 지푸라기라도 잡는 심정으로 풀들을 뽑아 주머니에 모아 왔다. 그는 겨울을 걱정하지만 어머니는 절대 춥지 않은 겨울을 보낼 것이다.

"새벽에 나가 봤어?"

그는 불의의 습격을 당한 얼굴로 은근슬쩍 밖에 나가려 했다.

"됐어. 내가 나갈 테니까."

문을 열고 밖으로 나왔다. 골목길에 난 풀들을 자근자근 밟아 나갔다. 별 기대도 하지 않았다. 예전에 공장에서 일하다 엄지가 프레스에 짓눌려 뭉개진 후에는 일에 대해 두려움이 생긴 듯했다. 어머니가 나간 건 무엇보다도 그가 일을 할 수 없었기 때문이었다. 그렇다고 어머니가 밖에 나가서 무슨 일을 할 손을 가지고 있는 것도 아니었다. 부드럽고 아기 같은 손이 자랑인 그녀가 그걸 포기하고 궂은일을 할 정도로 그를 사랑하지 않았던 건지도 몰랐다. 짓무른 그의 엄지손가락은 짜리뭉툭해서 얼핏 보면 없다고 착각할 정도였다. 그는 손등을 밖으로 내보인 채 마디가 짧아진 엄지를 손바닥 안으로 집어넣으려 애썼다. 그 조그마한 손가락도 스쳐 지나가는 호기심 어린 시선에 몸을 떨었다.

대박슈퍼 앞에 놓인 평상은 평소보다 더욱 을씨년스러웠다. 간밤에 날려 온 낙엽과 휴지들이 평상의 각목에 걸려 쌓여 있었다. 대박슈퍼는 항상 우중충하지만 특히 월요일이 심했다. 토요일 저녁 로또 추첨 번호가 나오고 하나씩 맞춰 보면서 주인 아저씨의 흥분은 일직선으로 상승했다. 그렇게 부풀었던 기대가 순식간에 다 타 버린 번개탄이 되어, 아침이 되면 슈퍼는 불을 때지 않은 골방보다도 더 냉랭했다. 그 추위를 견디지 못하고 월요일은 손님까지 뜸했다. 잘못 걸리면 괜한 시비가 붙어 일진 사나운 날이 되기 일쑤였기 때문이다.

오늘은 가게 문도 굳게 닫혀 있었다. 주인아저씨가 하얀 돼지를 쫓아다닌 꿈을 꾸고 이건 정말 대박이라고 평소보다 네 배나 많은 백만 원어치 로또를 샀다고 만면에 웃음을 지었던 게 엊그제였다. 아마도 그 꿈은 하얀 돈을 쫓다가 제풀에 쓰러지고 만다는 걸 말한 게 아니었을까. 하여튼 오늘은 아예 문이 열리지 않을 것 같았다. 아버지가 오늘 슈퍼에서 버린 컵을 줍는 일은 공치게 생겼다. 쓸쓸한 눈빛으로 돌아설 모습이 떠올랐다.

슈퍼를 지나 오른쪽 길을 통해 큰길로 나왔다. 출근 시간대가 지났는지 도로는 한산했다. 거리는 이제 새 임무를 부여받은 듯 시계의 톱니바퀴처럼 째깍째깍 맞물려 돌아갔다. 오늘 안으로 무언가를 꼭 해내야 하는 사람들은 쉴 새 없이 발을 놀렸다. 할 일이 없는 나는 그 흐름에 도저히 휩쓸릴 수 없었다.

찌푸린 저 먼 하늘에는 타워팰리스가 아버지의 말처럼 날 찍어 누를 듯이 우뚝 솟아 자신의 위용을 과시했다. 저걸 볼 때면 층층마다 사람들의 얼굴이 희미하게 스쳐 지나가곤 했다. 많은 얼굴이 환각처럼 다가오며 손짓해 나도 모르게 그곳 주위를 배회했다. 그럴 때면 주변을 살피는 경비원들의 눈초리가 사나워졌다. 타워팰리스는 건물의 외양을 구경하는 것조차 쉽지 않았다. 무수한 쇠꼬챙이가 울타리처럼 세워져 있고 땅에는 압정이 지뢰처럼 박혀 있는지도 몰랐다. 끝없는 상념의 늪 속에서 눈을 확 떴다.

누군가의 손바닥이 내 얼굴을 감쌌다. 눈을 짓누르는 압력이 남달랐다. 현태였다. 그의 손을 잡아채 뒤를 노려봤다. 수줍은 미소를 배시시 띠우는 현태의 뒤통수를 가격했다. 원래 그런 놈이라는 걸 알기에 강도가 약했다.

현태는 중학교에서 만난 친구였다. 얼굴은 크고 네모나게 각이 졌는데, 말투와 행동은 계집애 같아서 남자 맞느냐고 희롱과 괴롭힘을 수없이 당했다. 나는 싸움 잘하는 선배와 연결되어 어쩌다 나간 파이터 클럽 정모에서 그를 만났다. 자신의 외모와 맞지 않는 행동을 바꿔 보려 나오게 되었다는 것인데, 누군가 짭새를 부르는 바람에 모임이 무산되고 뿔뿔이 흩어져 버렸다.

그 후, 현태는 하늘의 뜻이라며 자신을 있는 그대로 받아들인 모양이었다.

그가 길 건너편을 가리키며 말했다.

"짱이 노상 깔 게 있다고 저기로 오라네."

"젠장, 또 저번처럼 퍽치기하고 튀는 거 아냐? 요즘 분위기 진짜 구린데. 짭새도 특별단속인가 뭔가 움직임이 심상치 않고. 이번엔 또 뭐래?"

재미 삼아 현태의 바지를 벗긴 무리였다. 나도 그들과 대등한 입장은 아니었다. 하지만 피라미드 구조로 된 이 패거리에서 어떻게든 나 자신을 과시해야 했다. 만만하게 보이면 그걸로 끝이었다. 그들의 밥이 되어 이용만 당할 것이기 때문이다.

"내일 짱 깔식 있잖아. 지금 주머니 사정 안 좋다고 한판 뛰고 털재."

"아 씨, 누굴 호구로 아나. 까닥 잘못하면 우리가 덤터기 쓸 수도 있어. 저번에 더럽게 깝죽대던 좁밥을 생각해 봐. 결국 작은집 갔잖아."

좁밥은 속 빈 강정이었다. 허풍만 셀 뿐 정작 일이 터지면 도망치기에 급급했다. 그들은 좁밥을 무리에 끼워 준 것이 아니라 미끼로 쓴 것뿐이었다. 좁밥은 정말 이 세계를 몰라도 너무 몰랐다.

"그렇다고 네가 빠질 수 있어? 골목잡인데 짱이 쉽게 놔줄 것 같아?"

"에잇 씨발, 삽질하기 전에 뽀작 내야지."

난 아직은 이용 가치가 충분했다. 미끼가 되기 전에 빠져나오면 그만이었다.

현태와 나는 목을 잔뜩 웅크리고 근처 공원으로 향했다. 대부분의 낮 시간을 여기서 죽치고 앉아 있어야 했다. 짱은 낮에서 밤으로 가는 시간대를 가장 선호했다. 자신이 경험해 본 결과 그 시간이 사물을 명확하게 구분하기 가장 어려운 때라는 거였다. 짱은 키가 꼬맹이 수준이었다. 그래도 깡다구가 꽤 세서 주변 아이들을 꽉 잡고 있었다. 내게는 그저 꼬맹이일 뿐이었다. 어쩌다 이런 놈들과 엮이게 되었는지 묘한 기분이 들었다. 평소와 다름없었던 시간과 공간 속으로 꼬맹이는 불쑥 뛰어들어왔다.

골목길이 여러 갈래로 나뉘는 중앙에 우리는 총을 든 카우보이처럼 대치한 채로 버티고 섰다. 입가에 걸린 비웃음은 거기서 빠져서는 안 될 요소였다. 손가락을 건반 치듯 까닥거리며 총을 뽑으려 했다. 그러는 중에 토끼몰이를 하듯 "어이!" 하는 소리가 여기저기서 울려 나왔다. 꼬맹이의 얼굴은 사색이 되었다. 이리저리 잴 것도 없이 우리는 눈을 한번 맞추고 뒤돌아 뛰었다.

다섯 갈래 중에서 오른쪽에서 두 번째 있는 실골목으로 들어갔다. 뒤따라오는 발소리가 들리고 여기, 이쪽이야, 걸걸한 목소리도 바짝 뒤쫓아 왔다. 그때 잔가지를 많이 친 골목으로 들어선 게 다행이었다. 몇 번의 모퉁이를 돌아 겨우 위협하듯 따라오는 소리에서 빠져나올 수 있었다. 벽에 기대 숨을 몰아쉬는데 꼬맹이가 악수를 청했다.

"너, 나한테 와라."

꼬맹이의 충혈된 눈이 자꾸 찡긋거렸다. 집으로 그냥 가려는데 그가 내 팔을 휘어잡았다.

"여기서 어떻게 나가냐? 근처에는 많이 와 봤는데 이런 곳이 있는 줄은 몰랐네."

내가 안내하는 게 아니라 꼬맹이에게 끌려갔다. 그는 큰길로 나와서야 꽉 잡은 내 팔을 놓아줬다. 팔뚝에는 그의 손힘이 얼얼하게 남았다. 그가 지폐 몇 장을 꺼내 주머니에 찔러 주며 말했다.

"오늘 도와준 답례다. 낼 이 시간에 여기로 나와라. 섭섭지 않게 해 줄게."

꼬맹이는 내게 그렇게 명령했다. 콧방귀를 뀌었던 나는, 그다음 날 돈맛을 잊지 못해 이끌려 나오고 말았다. 그렇게 시작된 만남이었다. 그들은 일을 벌였고 나는 골목 이곳저곳으로 길잡이를 해 주며 짭새를 따돌렸다. 이런 가이드는 꽤 짭짤한 수익을 올렸다.

"학교는 어떻게 됐어?"

"몰라, 인마."

현태는 가끔 쓸데없는 걸 물었다. 생각하기 싫은 문제를 다시 떠올리는 게 불쾌했다. 학교에 가지 않은 지도 반년이 되어 갔다. 전엔 나오라고 전화라도 해 주곤 했는데 이젠 아무런 연락도 없었다. 나도 뭐 아쉬울 건 없었다. 단지 날씨가 조금 쌀쌀할 뿐이었다.

옷깃을 여미며 그들과 만나기로 한 장소로 향했다. 꼬맹이 무리는 벌써 나와 동태를 살피고 있었다. 은행엔 이용 시간이 지나기 전에 일을 보려는 사람들로 붐볐다. 꼬맹이가 손을 들며 다가왔다.

"왔네? 안내양께서 납셔야지 우리가 맘 놓고 일을 벌일 거 아냐."

꼬맹이는 아주 재미난 농담이라도 했다는 듯 배를 잡고 웃었

다. 말로 속을 긁는 데는 과히 천재적이었다. 알록달록한 털모
자를 뒤집어쓴 그는 오늘따라 더욱 꺼벙해 보였다. 아직도 어린
티를 벗지 못한 그가 유치했고, 이런 일에 끼게 된 나조차 퇴행
을 하는 건 아닌지 걱정스러울 정도였다.

꼬맹이가 서둘러 일을 꾸려 나갔다. 주변에 망을 보게 했고
나는 길을 잡아 튈 준비를 했다. 그는 은행에서 나오는 사람 하
나 하나를 매섭게 노려봤다. 여긴 경찰서도 가까운데 이런 대담
한 일을 벌이다니 왠지 불안했다.

"짭새랑 너무 가까운 거 아냐?"

"왜? 겁나냐? 안내양께서 겁먹으면 어쩌나. 우리 퇴로를 맡
고 있는 분께서 말야. 걱정 마, 새꺄. 우리가 뭐 한두 번 장사해
보냐. 눈이 아무리 밝아도 제 코는 안 보인다잖아."

꼬맹이는 자신의 말이 재밌다며 또 웃어 댔다. 얼굴에 잔뜩
생긴 주름이 그를 실성한 노인처럼 보이게 만들었다. 그런 건
또 어디서 주워들어 가지고 잘난 척하는 게 재수 없었다.

은행에서 지갑을 꼭 끌어안고 나오는 여자를 보자 꼬맹이는
금세 긴장하면서 우리에게 신호를 보냈다. 여자는 주위를 불안
한 시선으로 살피며 인도로 나와 택시를 잡아타려 했다.

순식간에 일어난 일이었다. 옆으로 살며시 다가간 꼬맹이가

코브라의 고개가 치솟아 적을 공격하듯 점프해 지갑을 홱 낚아챘다. 지갑을 뺏긴 여자는 잠깐 어벙하게 정신을 놓았고, 그 짧은 시간에 꼬맹이는 내 쪽으로 뛰어왔다. 뒤이어 새된 비명 소리가 허공을 갈랐다. 사람들의 시선이 느껴짐과 동시에 "소매치기야!"라는 외침이 귓속을 울렸다.

꼬맹이는 가만 서 있는 내 손을 툭 치고 뛰었다. 뒤에서는 어느새 도착한 짭새들이 소리 지르며 다다닥 맹렬하게 뛰어왔다. 누가 제 코는 안 보인다고? 꼬맹이의 목을 붙잡아 뒤흔들고 싶었다. 난 속으로 욕을 있는 대로 퍼부으며 똥줄이 빠지게 도망쳤다.

대로변에서 곁길로 들어섰다. 이젠 막다른 골목을 피해 요리조리 달리다 보면 쫓아오는 놈들을 떨쳐 낼 수 있을 것이다. 다 잊고 신나게 달리는 거다. 길이 점점 좁아졌고 옆에 줄줄이 들어선 집들은 뭔가에 휩쓸리듯 뒤로 사라졌다.

첫 번째 갈림길에서 오른쪽으로 돌았다. 조금 넓어진 길에 여러 잡화상들이 들어서 있었다. 어렸을 때 부모들이 싸우면 도망쳐 시간을 때우곤 했던 개구리 만화방과 라면, 떡볶이를 파는 냠냠 분식집과 주로 개목걸이만 팔렸던 김가 철물점이 기차선로처럼 줄줄이 늘어섰다.

아래로 얕은 냇물이 흐르는 다리를 지나 어느 것 하나 분명하지 않은 흐린 기억 속을 달렸다. 아버지가 부부싸움 다음 날 스카프를 사 왔던 혜라 양품점과 그가 자주 외상을 달았던 풍성한 대폿집, 그 옆에 조그맣게 딸린 뜨끈한 해장국집이 겨울을 한층 앞당겼다.

다시 왼쪽으로 돌아 달려가다 두 갈림길이 나오자 오른쪽으로 방향을 잡아 잔가지를 많이 친 고샅길로 들어섰다. 여긴 거의 살림집들이 있는 곳이었다. 윗길로 뛰었다. 주변은 상당히 어두워져 있었다. 찬 공기가 얼굴의 살갗에 부딪쳐 왔다. 밤길을 한참 달음질치다 옷깃을 잡아채는 손길에 걸음을 멈췄다. 얼굴이 붉게 상기된 꼬맹이였다.

"야, 아무래도 안 되겠다. 계속 따라붙고 있잖아. 짭새들도 대충 여기 골목 지리를 익혔나 본데. 오늘은 네가 꼬리 좀 물어서 튀어라. 사례는 두둑이 하마."

오늘은 아무래도 불안했다. 덤터기를 쓸지도 모른다고 맘이 무거웠던 게, 기우만은 아닌 모양이었다. 뭐라고 말하기도 전에 꼬맹이는 그 구리고 알록달록한 털모자를 벗어 내 머리에 씌웠다. 흡사 대관식에서 자신의 왕좌를 아까워하며 할 수 없이 넘겨주는 말라비틀어진 욕심 많은 왕 같았다. 쥐방울과는 절대 어울리지 않지만 말이다. 처치 곤란한 털모자와 우렁찬 토끼몰이 소리만 남겨 놓고 그들은 뒤도 돌아보지 않고 달아났다. 어떻게 알았는지 큰길로 바로 빠져나가는 방향을 잡고 갔다.

가로등 불빛이 횃불처럼 불타오르며 이곳만이 유일하게 빛나는 듯했다. 주변에 굴러다니는 돌을 던져 가로등을 깨 버렸다. 순식간에 주변이 어둠에 잠겼다. 뒤에서 둔탁한 발소리가 가까워 오자 그들이 간 다른 쪽 길로 달렸다. 이쪽이야, 하고 내 뒤를 따라오는 소리가 귀를 거칠게 틀어잡았다.

얼마나 달렸는지 추운 날씨에도 불구하고 온몸이 땀으로 흠뻑 젖었다. 입에서는 단내가 질퍽질퍽하게 풍겼다. 머리는 헝클어지고 옷이 몸에 달라붙어 떨어지지 않으려 했다. 몰이꾼들은 금세 내 뒤를 쫓아왔다. 손을 두세 번만 앞으로 쭉 뻗으면 잡힐 정도로 거리가 좁혀졌다. 어디로 마땅히 숨을 곳도 없었다. 단지 지금 이 순간 있는 힘을 모두 끌어내 뜀박질하는 수밖에 없었다.

그래서인지 한순간에 뛰어든 데가 집과 가까운 곳이어도 크게 놀라지 않았다. 근처 전봇대에 몸을 숙였다. 올라오는 신물을 고통스럽게 토해 냈다. 몇 번 헛구역질을 하고 벽에 기대 숨을 골랐다. 주변은 적요했다. 몰이꾼들은 어디 있을까? 방금까지 내 뒤를 바짝 뒤쫓아 왔는데 말이다. 내가 지쳐 더 이상 달아날 수 없다는 걸 알고 포위망을 좁히며 서서히 다가오고 있는지도 몰랐다. 심장이 덜컥 오그라들었다. 서둘러 자리를 피했다. 우선 잠시라도 몸을 숨길 장소로 수선집을 택했다. 집으로 가기에는 아무래도 불안했다.

수선집까지 가는 발걸음이 무거웠다. 목이 자꾸만 텁텁해 마른침을 삼켰다. 다행히 아무 일 없이 그곳에 당도했다. 벌써 들어가서 자는지 가게는 불이 꺼져 있었다. 떨리는 손으로 새시 문을 밀었다. 문단속은 아직 하지 않은 모양이었다. 어두컴컴한 실내는 흐리게 비치는 누런 달빛에 사물을 확인할 정도는 되었다. 방문 틈으로 미세한 불빛이 새어 나왔다. 아마 텔레비전만 켜 놓고 있는 모양이었다.

방문을 조금씩 밀었다. 먼저 그녀를 부르고 싶었지만 작은 소리조차 입 밖으로 꺼내선 안 될 것 같았다. 그 소리를 듣고 짭새들이 금방이라도 들이닥칠 것 같았기 때문이다. 엄지손가락만큼만 열린 문틈으로 뜨겁게 달아오른 공기가 훅 끼쳐 왔다. 반대편 구석에 놓인 작은 텔레비전은 아무 화면도 나오지 않고 지지직거렸다. 꺼졌다 켜졌다를 반복하는 화면에 모니터가 터지지나 않을지 걱정스러웠다. 화면에 불이 들어오고 나갈 때마다 방 안은 생겼다 사라지기를 반복했다.

방 안엔 한 사람이 몸을 숙이고 오열하듯, 두 사람이 마주 앉아 기도하듯, 아기를 안고 있는 듯한 거대한 그림자가 벽면에 새겨져 조심스럽게 움직였다. 몇 번 같은 동작을 되풀이하던 한 사람이 구석으로 숨어들어 끅끅거렸다.

"역시……."

푹 숙여진 고개를 다른 누군가가 쓰다듬었다. 가만있던 사람은 한순간 더러운 물건이라는 듯 그 손을 쳐냈다. 벽면에 그려진 사람의 그림자가 거대한 해일이 되어 누군가를 당장 죽일 듯이 덤벼들었다. 밑에 깔린 누군가의 그림자에서 신음이 흘러 나왔다. 그 위의 큰 그림자는 신음 소리에 더욱 미친 듯 날뛰었다.

"나 안 된다고 니도 도망칠 거지? 가라, 다 가 버려!"

두 개의 크고 작은 그림자가 한동안 뒤엉켰다. 내 숨결은 어느새 조금씩 거칠어졌고 그 모든 것을 충혈된 눈에 담았다.

어느 정도 시간이 지나자 그들은 방바닥에 드러누워 거친 숨을 골랐다.

"이제 그만 가야죠. 지금쯤이면 당신 찾아 또 돌아다닐 텐데."

헉! 막혔던 숨이 터져 나왔다. 그들은 작은 소리에도 민감하게 반응했다. 누군가가 방에 불을 켜고 옷을 주워 입었다. 뒤로 물러났다. 그러다 천 더미에 걸려 넘어졌다. 방문이 열렸다. 수선집 여자였다. 목과 팔목의 새하얀 살이 불그죽죽했다. 방문을 잡은 손가락에는 바늘에 찔린 상처들이 점점이 박혀 있었다. 여자의 뒤에서 바스락거리며 옷을 입는 움직임이 느껴졌다. 여자를 건너다보며 걸걸한 성대가 울려 나왔다.

"왜 그래? 뭘 봤기에……."

여자의 어깨 위로 허옇게 뜬 얼굴이 불쑥 튀어나왔다. 내가 알고 있는 사람이었다. 아니, 잘 안다고 생각했는데 가장 먼 사람이라는 걸 몰랐던 것뿐이었다. 남자는 핏기 없는 얼굴로 내게 팔을 뻗었다. 손을 쳐내고 돌아서 수선집을 빠져나왔다.

어머니는 결국 돈이나 미래 때문에 떠난 게 아닌 모양이었다. 그 무엇보다 그녀에게 중요했던 걸 그는 이뤄 줄 수 없었다. 그가 항상 골목마다 헤매며 돌아다닌 건 어머니를 찾기 위함이 아니었다. 아마도 정력이 넘쳐흘렀던 젊은 시절로 통하는 길을 찾아 돌아다녔던 것 같다. 언젠가 수선집 여자는 다이달로스의 미궁 신화를 얘기해 주며 넌지시 이런 말을 한 적이 있었다.

"네 아버지 손에는 어떤 실 뭉치도 쥐여 있지 않아."

수선집 여자는 아버지에게 아리아드네가 테세우스에게 준

실패 노릇을 해 주고 싶었던 모양이다. 그건 전남편의 연장이었다. 그녀는 자신의 몸 내부에 생명체의 꿈틀거림을 느껴 보고 싶었을 것이다. 끝내 이루지 못했던 꿈을 아버지를 통해 성취해 내려 했다.

사람에게서 받은 상처는 결국 또 다른 누군가에 의해 치유될 수밖에 없었다. 하지만 그 누군가에 의해 상처가 치유된다는 보장은 아무 데도 없었다. 그보다 큰 화상을 입어 더 이상 손쓸 수 없어질지도 몰랐다.

그렇게 나와 돌아다니다 등대처럼 불을 밝히고 손짓하는 전봇대를 찾았다. 누군가가 뱉어 낸 토사물로 쑥쑥 자란 전봇대를 기어 올라갔다. 쌓인 쓰레기 더미를 밟고 담벼락에 올라 손을 뻗자 전봇대의 쇠막대에 닿았다. 전신주에 매달려 내려다본 마을은 더 이상 미궁이 아니었다. 미로는 어떻게든 빠져나갈 수 있다. 하지만 이곳엔 출구조차 없었다. 이들을 밖으로 나가게 할 수 있는 건 길을 만들어 달리는 골목잡이뿐이었다. 그들을 이끌어 줄 힘이 내 손안에서 용솟음치는 걸 분명하게 느낄 수 있었다.

지구 아이

결국 그 아름다웠다고 전해지는 푸른 별 지구는
복제 실패작들과 부랑자, 범죄자들의
마지막 쓰레기 처리장 같은 곳이 되어 버렸다.

✦ ✦ ✦

3082년 12월 1일 오전 10시 30분 49초, 지구와의 마지막 기록.
제2의 지구인 화성과 지구의 통신 두절로 지구는 최종적으로 고립
되었음을 확인.

마지막 우주선이 떠나갔다. 백 년 사이에 우주왕복선은 그
어떤 때보다 자주 왕래했고, 그러다가 왕복 횟수가 점차 줄어들
면서 이제 도저히 떠나갈 수 없는 사람들만이 '지구'라는 행성
에 남게 되었다. 돈이 없거나 무기징역이나 사형을 선고 받은
범죄자들이었다. 사람들이 지구를 떠나면서 마지막에 남은 사
람들은 돈을 모으기가 더욱 힘들어졌다. 모두 자신들과 처지가

비슷한 하층민이기 때문이었다. 결국 그 아름다웠다고 전해지는 푸른 별 지구는 복제 실패작들과 부랑자, 범죄자들의 마지막 쓰레기 처리장 같은 곳이 되어 버렸다.

나오는 검은 비가 내려 질척거리는 길을 절뚝거리며 걷는다. 지옥 더위를 예고하는 장마의 시작이다. 이맘때는 죽은 물고기들이 검은 비와 함께 쏟아진다. 물고기들은 뼈만 앙상하다. 그나마 대가리가 붙어 있는 것도 몇 마리 없다. 깡통과 비닐봉지, 심지어 토막 난 시체가 떨어지기도 한다. 이럴 때는 넓은 챙이 달린 모자와 가죽 코트는 필수다. 밑창이 두꺼운 가죽 장화도. 공기까지 독가스와 같아서 그냥 흡입했다가는 큰일이다. 그래서 은색으로 된 얇고 가벼운 방독면을 착용해야 한다.

나오는 검게 썩은 물웅덩이를 밟으며 걸어 나간다. 나오의 바지 혁대에는 사슬이 달려 있다. 사슬은 나오의 뒤로 연결되면서 몸이 하얀 소년의 목줄에 걸린 채다. 나오는 절뚝거리면서도 앞으로 성큼성큼 걸어간다. 몸이 구부정한 소년이 그 뒤를 힘겹게 따라간다. 소년의 이름은 JKU-27843915호다.

JKU-27843915호는 정부의 사업 중 하나인 인간 복제를 하다가 실패해서 쓰레기 처리장에 버려졌다. 그것을 나오가 주워

와 씻기고 치료한 것이다. 소년은 하얗다 못해 창백해서 핏줄이 그대로 도드라져 보일 정도다. 거기다 어깨부터 엉덩이로 이어지는 검은색 천 하나만을 아슬아슬하게 걸치고 있다. 소년은 검은 비를 고스란히 맞으며 어깨를 부르르 떤다. 너무나 창백해서 새파랗게 질린 얼굴과 몸으로 검은 비는 흉측한 괴물의 침처럼 끈적거리며 흘러내린다.

나오는 제128구역 우범지대 중에 '네버랜드'라는 곳을 찾는다. 벽에 붙은 작은 간판에는 '너'라는 글자만 형광으로 빛나고 있다. 나오는 그 앞에 서서 두꺼운 철문을 두드린다. 문에 달린 작은 창이 열리고 누군가의 눈이 나타나 나오의 얼굴을 확인한다. 철문이 열리자 큰 음악 소리의 울림이 전해져 온다. 덩치 큰 사내가 나오의 몸을 훑는다. 나오는 지하 세계로 들어간다.

문이 열린 네버랜드의 세계, 복제의 실패물들이 수없이 널린 곳이다. 신체가 어른으로 성장하지 못한 아이들이 테이블을 차지하고 있다. 그들의 눈동자엔 초점이 없다. 그들은 아무 옷도 입고 있지 않다. 무대 위에서 춤을 추고 있거나 개목걸이를 달고 테이블 아래에 쭈그려 앉아 있다.

의자에 앉아 아이들에게 채찍을 휘두르는 사내들이 침을 흘리며 큰 소리로 웃는다. 그들은 아이들의 손을 잡아다 자신들의 몸을 만지라고 강요한다. 아이들은 무슨 일이든지 시키는 대로 한다. 아이들의 무표정한 얼굴이 모두 똑같다. 복제의 실패작에게는 인간의 이성을 바랄 수 없다. 이 아이들에게는 오직 단세포적인 본능만이 남아 있을 뿐이다. 살아남으려는 생존 본능. 사람들은 아이들을 편리한 대로 '애완인'이라고 부른다. 자기 맘대로 할 수 있는 물건이라는 뜻이다.

지구에서 복제 사업이 두드러지게 일어났던 시기를 우리는 '제7의 황금시대'라 불렀다. 첫 번째는 농사 기술, 두 번째는 산업혁명, 세 번째는 컴퓨터의 발명, 네 번째는 전자 기기 및 공학의 발전 등이 꾸준히 이어졌다. 그리고 복제 사업에 이르러 인간의 문명은 활짝 피어나게 되었다.

지구별 행성, 아이를 낳아도 삼십 년 이상 헌신하며 키우고 교육해야 하기에 출산율이 계속 감소하는 문제가 발생했다. 거기다 교육비의 낭비도 심해서 성인의 인간 복제가 시범적으로 실시되어 실험의 효과가 입증되었다. 복제가 전 세계적으로 확산되면서 그 기술은 순식간에 모든 것이 완벽한 성인을 복제해내기에 이르렀다.

복제의 마지막 단계에는 인간에게 필요한 자료를 모두 주입

시켰다. 그것은 단순한 혁명이 아니라 우리에게 새로운 삶을 부여하는 것과 같았다. 자손을 낳아 대를 이어야 한다는 의무감에서 벗어난 인간에게 더 이상 맹목적인 결혼은 의미가 없었고, 다양한 삶의 선택이 가능해졌다. 그것은 여가를 즐기는 등의 소비 형태가 더욱 발전하게 되는 계기가 되었다.

하지만 그만큼 환경의 파괴는 가속화되고 이상기후의 영향으로 대재앙이라고 할 만한 커다란 재난이 몇 차례 일어나고 말았다. 예측할 수도 없는 이러한 사고에 대한 두려움으로 지구의 인간들은 오랫동안 꿈꾸어 온 화성 이주를 실행하게 되었다.

2250년부터 지구는 모든 나라가 참여하여 하나로 통합된 화성 이주를 위한 국제기구를 창설했다. 그 후, 몇 백 년에 걸쳐 지구인을 화성으로 이주시키려는 계획이 진행됐다. 먼저, 소수로 선발된 개척자를 화성으로 보내서 화성의 환경을 지구와 비슷하도록 변화시키는 작업을 실시했다. 지구에서 발명된 특수 재료를 이용해 화성에서 필요한 건물을 짓고 동식물이 자라날 수 있도록 했다. 다음으로 우주선에 사람을 태워 화성으로 실어 날랐다. 화성은 가기만 하면 모든 게 이뤄질 것 같은 이상향처럼 생각되었지만 문제는 그곳으로 가기 위해서는 거금이 든다는 것이었다.

화성으로 가기 위해서는 1인당 60억이라는 큰돈이 필요했다. 정부에서 보조해 준다고는 하지만 그 비용에서 50퍼센트 이상을 본인이 부담해야 했다. 집 장만이 아니라 이제 우주선 탑승을 위해 돈을 벌 수밖에 없었다. 그 돈은 화성으로 가서 집을 사고 생활해 나갈 최소한의 생계비까지 포함된 액수였다. 그 옵션을 빼고 그냥 화성만 가려는 사람은 30억만 내면 됐지만 그마저도 쉬운 일은 아니었다. 모든 사람들이 화성으로 가기 위해 평생을 노력했지만 하층민들은 평생을 다 바쳐도 마련하기 힘든 액수였다. 결국 자신은 못 가더라도 후손 중 누군가는 갈 수 있도록 돈을 모았고, 몇 대에 걸쳐서 이런 일은 반복되었다.

그러다 어느 순간 우주왕복선의 왕래가 끊겼다. 화성과 지구를 오가는 게 더 이상 경제적으로 수지가 맞지 않을 때. 그래도 통신만은 유지되는 듯하더니 그것도 하루 이틀이 지나며 서서히 줄어들었다. 화성에서는 결국 지구와의 통신을 완전히 끊어 버렸다.

수백 년이 흐르고 이곳에 있던 사람들이 모두 죽고 사라져 지구의 환경이 다시 깨끗해졌을 때—만약 그렇게 된다면 말이다—화성인들은 이곳 지구로 되돌아올 것이다. 더러워진 화성을 똑같이 내버려 두고서. 그런데 지구가 다시 깨끗해지지 않고 계속 이런 상태라면 화성인들은 또 어디로 향할까?

　　나오는 귀를 먹먹하게 만드는 음악에 눈썹을 찡그리며 바텐더에게 다가간다. 검은 면티를 입은 몸집이 큰 사내가 나오를 알아보고 고개를 끄덕인다. 사내는 대머리로 오른쪽 이마에 엑스 자 모양의 상처가 나 있다. 사내는 테이블 위에 기다란 호리병을 놓고 파란색 연기를 흘려 넣는다.

　　"왔군. 요즘 경기는 어때?"

　　나오는 은색 방독면을 벗어서 카운터 위에 내려놓는다. 눈에는 투명 고글이, 코와 입에는 납작하고 작은 방독면이 붙어 있다. 바깥에서는 방독면 하나로 숨 쉬기가 힘들다.

　　나오는 사내의 질문에는 아무 대답 없이 호리병에서 플라스틱 관을 들어 파란색 연기를 코로 빨아들인다. 콧구멍 부분의 방독면이 투명한 막으로 변해 연기를 흡수한다. 뒷머리가 띵 울리면서 현기증이 일어난다. 그래도 나오는 연기 마시는 것을 멈추지 않는다. 자신이 이곳에서 혼자 살아가기 위해서 배운 거라고는 오로지 '깡'뿐이다. 언제, 어디에 있더라도, 당장 죽더라도, 약한 모습을 보이면 그 순간 끝장이다. 나오는 호리병을 모두 비우고 나서야 의자에 기대앉는다.

"여전하군. 다른 사람들은 한 모금만으로도 미치는데 말야. 이건가?"

사내가 나오의 옆에 달라붙어 떨어지지 않는 소년을 가리킨다. 나오는 힐끗 눈짓하더니 고개를 끄덕인다.

나오는 복제 실패작들을 수집해 필요한 곳에 공급해 주는 중계상이다. 나오의 사무실은 128구역 외곽지대에 있다. 그곳은 범죄자들의 우범지대와 부랑자지대 사이에 끼어 있다.

세계에 있는 몇 천만 명 안 되는 사람들은 환경오염으로 인해 거주할 만한 곳이 거의 사라졌다. 사람들은 그나마 목숨을 부지할 수 있는 곳곳에 함께 모여 산다. 해안가를 끼고 도는 동부 지역에서 나무가 감싸고 있는 이곳까지가 바로 그런 곳이다. 인구가 만 명 정도로 인종이나 국적, 취향별로 끼리끼리 모여 살고 있다. 나오는 어디에도 속하지 못하고 그 중간 지대에서 살아가고 있는 것이다. 중간 지대라고 해서 나쁠 것은 없다. 오히려 다른 구역들을 접하고 있어서 여러 그룹을 상대로 장사를 하기에는 안성맞춤이다.

"잘됐군. 때마침 필요하던 참이거든. 자네도 알잖나. 요즘 손님들은 꽤 거칠어서 애완인이 훼손되는 경우가 많거든."

나오는 카운터를 손가락으로 리듬감 있게 몇 번 두드리며 말

한다.

"그 훼손된 애완인의 폐품 처리는 내게 맡길 거지?"

나오는 이 실패작들의 세상에서 포주 노릇을 하고 있다. 아무런 가치 판단의 잣대가 없다. 법도 없고 양심이나 정의도 무의미했다. 이곳에서 어떤 희망이 있을 수 있을까? 지구에 버려진 인간들은 해가 뜨지도 않는 하루하루를 어떻게 보내는 걸까? 그저 근근이 버텨 내고 있을 뿐이다.

사내는 머리를 긁적이며 나오의 눈길을 피한다. 그는 물수건으로 카운터를 빡빡 문지르기만 한다.

"아하, 그게 말야, 자네도 알지? 저기 건너편 73구역에 있는 리노라는 놈 말야."

나오는 순간 카운터를 있는 힘껏 내려친다. 쾅! 나무 울리는 소리는 고막을 찢을 듯한 높은 노래에 파묻혀 사라진다. 하지만 나오의 기세는 사내에게 전해지기에 충분하다. 사내는 어깨를 움찔거리더니 고개를 숙이며 나오의 얼굴로 바짝 다가선다. 목소리를 최대한 낮추고 나오에게 속삭인다.

"나도 어쩔 수 없다구. 너도 요새 위세를 떨치는 '넥스'라는 바이러스 알지? 이게 이천 년 전에 세계를 휩쓸면서 많은 사람의 목숨을 앗아 간 전염병을 일으킨 바이러스라고. 그게 지금은 손쓰기도 힘든 돌연변이로 부활해 버렸다니까. 여기 반대편 44구역은 대부분이 죽어 버렸다는 흉흉한 소문이 떠돌고 있어. 그게 언제 이쪽으로 전염될지 걱정돼서 난리난 거 몰라?"

"그게 무슨 상관인데?"

"이 멍청아, 그 백신이 만들어지긴 했는데, 비싸고 몇 개 안 돼서 살 수가 없다고."

"근데?"

나오의 눈빛이 더욱 매서워진다. 나오의 꽉 쥔 주먹이 조금씩 흔들린다.

"리노라는 놈이 그 백신의 판매책이거든."

"이 배신자!"

나오가 사내의 멱살을 잡아 힘껏 틀어쥔다. 사내는 이건 아무것도 아니라는 듯 별 힘도 들이지 않고 나오의 멱살을 풀고 밀쳐내 버린다.

"우리, 말은 바로 하자고. 우리 사이에 배신이고 뭐고 할 만한 게 있나?"

나오가 일어나 옷매무새를 가다듬는다. 원래 이들에겐 '의리' 란 눈을 씻고 찾아봐도 없다. 오랫동안 거래 관계를 맺어 왔다고 뭔가를 기대하는 건 어리석은 일이다.

"그렇지. 우리는 아무 사이도 아니지. 처음부터 말야. 그럼 이것도 필요 없지?"

나오가 쇠사슬을 끌며 중앙 홀을 통해 출구로 빠져나간다. 뒤에서 이왕 갖고 온 거 팔고 가라는 사내의 다급한 소리가 들려온다. 하지만 나오는 멈추지 않고 쇠사슬 끄는 손에 힘을 줄 뿐이다.

'네버랜드'를 나와 집으로 향하면서 나오는 툴툴거린다.

"리노 이 자식, 감히 내 구역에 손을 대다니."

나오가 뱉은 마지막 말에서 잔인한 기운이 끼친다.

"이번엔 내가 그놈의 구역을 쓸어 버려야겠어."

나오는 오 년 전에 리노와 맞부딪힌 적이 있었다. 나오가 살고 있는 중간 지대가 다른 구역들 사이에 위치해 있었기 때문에 각 구역을 돌며 장사하기에는 제격이었다. 그래서 이 구역을 차지하기 위한 다툼이 자주 일어났다.

리노는 그때 한번 크게 패하더니 자신을 죽이기 위해 킬러를 고용하기도 했다. 나오는 겨우 살아났지만 왼쪽 귀의 반이 날아갔고 레이저 총에 팔뚝에서부터 가슴까지 길게 상처가 나고 말았다. 흉터를 볼 때마다 나오는 울분이 쌓였다. 그 힘든 시기를 넘기고 겨우 잊을 만한 이때에 리노가 다시 나타난 것이다.

나오는 두꺼운 철문 옆 잠금장치에 자신의 눈을 갖다 댄다. 철컥, 문이 열리고 안으로 들어온 나오는 JKU-27843915호를 사무실 기둥에 사슬로 묶어 놓는다. JKU-27843915호는 비에 젖은 머리카락을 흔들어 털며 몸을 잔뜩 웅크린다. 그는 추운 듯 몸을 부들부들 떤다. 얇은 신음을 흘리며 JKU-27843915호는 기둥에 기대어 가만히 눈을 감는다. JKU-27843915호는 쇠사슬을 풀어 보려고 목을 흔들어 보지만 곧 그럴 힘마저 고갈된 듯 바닥에 쓰러진다.

나오의 사무실 구석에는 복제 인간들의 폐품들이 천장에 닿을 듯 쌓여 있다. 나오는 스마트폰으로 JKU-27843915호를 여러 각도에서 찍어 댄다. 찰칵거리는 소리가 들릴 때마다 JKU-27843915호의 어깨가 움찔거린다.

"가만히 있으라고. 잘 찍어서 올려 줄 테니까."

나오가 JKU-27843915호의 얼굴을 손으로 들어 올려 카메라 렌즈에 담는다.

"그래. 좀 더 불쌍한 표정을 지어 봐. 그래야 잘 팔리지."

JKU-27843915호는 나오의 말에 눈을 깜박거린다. 눈썹이 없는 모습이 기이해 보이지만 결함품은 어딘가에 문제를 가지고 있기 마련이었다. 나오가 사진을 찍고 돌아서려는데 발목을 잡는 손길이 느껴진다. JKU-27843915호가 무릎을 꿇고 엎드려 고개를 수그리고 있다.

"소용없는 짓이야. 나는 당장 돈이 필요하거든. 경매 사이트에 올리면 금방 팔릴 거야. 새 주인이 생길 때까지 얌전히 있으라고."

나오는 JKU-27843915호의 손을 밟아서 그를 떼어 낸다.

나오가 처음부터 경매 사이트를 이용하지 않은 데는 그만한 이유가 있었다. 술집을 통해 파는 것보다 가격이 높게 매겨지긴 하지만 그것은 애완인의 소유를 완전히 넘겨 버리는 짓이었다. 술집에 팔면 애완인이 훼손되어 못 쓰게 될 때 다시 수거해 갈 수 있는 이득이 있었다. 그것을 고쳐서 되팔 수 있으니 상당히 좋은 거래였다. 하지만 경매 사이트에서는 다시 수거할 수 있는 통로가 없었다.

경매 사이트를 통해 팔린 애완인이 갖고 놀다 훼손되면 그 뒤에 어떻게 되는지 나오는 알고 있었다. 오염되지 않은 먹이가 부족한 만큼 훼손된 애완인은 맛있는 고기의 대용품이 되기도 했다. 갖고 놀고 먹을 수 있는 일석이조의 장난감이 바로 애완인이었다. 이런 사실은 애완인들 스스로도 느끼고 있었다. 감정 표현을 격하게 드러내는 건 아니지만 도망쳐 버리는 애완인이 종종 나왔던 것이다. 애완인마저 사라지면 인간은 서로를 잡아먹기 위해 혈투를 벌일지도 몰랐다.

나오는 경매 사이트에 JKU-27843915호의 사진과 정보를 올리고 가격 흥정을 시작한다. 많은 사람들이 혈안이 되어 달려든 덕분에 가격은 점점 더 높아진다.

나오는 경매 사이트는 잠시 미뤄 두고 리노와 화상 연결을 시도한다. 리노는 온몸에 땀이 뒤범벅되고 옷이 찢어진 상태로 화면에 나타난다.

"뭐야?"

"다른 구역까지 탐내느라 꽤나 바쁜가 보네."

나오의 빈정거리는 말에 리노는 숨을 헐떡거린다.

"너랑 장난칠 시간 없어. 끊어."

"넥스 바이러스 백신의 판매책이라며?"

"근데?"

"출세한 건 알겠는데, 남의 구역까지 넘보면 욕심이 과하지."

"그건 싫은데. 어쩔 건데?"

"후회할걸?"

"이만 바빠서. 결판은 담에 내자고."

리노는 자기 말만 하고 멋대로 통신을 끊어 버린다. 나오는 바이러스 백신에 관한 자료를 찾으며 그런 리노의 행동에 코웃음을 친다.

"흥, 이런 상황이면 당장 꽁지 빠지게 달아나고 싶을 거다. 강한 척 위세 떨기는."

나오는 리노를 비웃는다. 아마도 내일은 상황이 더 안 좋아질 것이다. 리노가 수세에 몰려 힘들어하는 모습을 보고 싶다. 리노를 마음껏 비웃어 주고 자존심을 뭉갤 생각을 하니 나오는 흥분된 마음을 쉽게 가라앉히기 어렵다.

그때 컴퓨터의 벨이 울린다. 경매 사이트의 가격 흥정이 끝났다는 신호다. 꽤 높은 가격이 매겨져 흐뭇해진 나오는 JKU-27843915호에게 다가간다.

"기뻐해라. 다음 주에 너는 새 주인을 만나게 돼. 돈 많은 사람이니까, 너도 즐겁게 지낼 수 있겠는걸."

나오는 JKU-27843915호의 목줄을 잡고 흔든다. 소년은 너무나 가볍게 나오의 힘에 휘둘린다. 나오는 그런 JKU-27843915호를 바닥에 패대기쳐 버리고 간이침대에 눕는다. 사무실 불이 꺼지고 천장에는 별이 투영되어 반짝거린다.

환경이 오염되기 전 지구의 모습은 어땠을까? 옛날에 하늘은 파랗고 밤하늘에는 별들이 반짝였다고 한다. 지금은 항상 뿌옇고 아주 가끔 태양이 비추는 걸 볼 수 있을 정도다.

과거 인간들은 지구의 모든 것을 마음껏 누렸다고 하는데, 자신들의 이기적인 행동을 알기는 했을까? 지구가 지금처럼 될 거라는 걸 알면서도 계속 환경을 파괴해 버렸을까? 나오는 지구 역사에 대한 지식을 모두 가지고 있었지만 과거 인간들이 실제 어떤 생각으로 생활했을까 궁금했다. 그 옛날 인간들처럼 아무것도 보이지 않는 하늘에 막연한 소망을 품고서.

나오는 마지막으로 화성과 통신을 했다고 전해지는 중앙 기지를 찾는다. 자신이 할 수 있는 최후의 일인지도 모른다. 벌써 인간들 사이에서는 넥스가 화성에서 지구를 깨끗이 청소하기 위해 뿌려 놓고 간 바이러스일 거라는 소문이 돌고 있다. 지구 위의 인간들을 모두 죽이기 위한 살충제라고.

어젯밤 늦게 리노는 상당히 곤혹스러운 표정으로 나오에게 연락해 왔다.

"요새 분위기가 심상치 않은 거 알고 있지?"

나오는 전에 리노가 한 짓이 떠올라 시큰둥하게 어깨를 으쓱할 뿐이었다.

"내가 안다고 뭐가 달라지겠어?"

벽에 붙은 대형 브라운관을 통해 리노는 무릎이라도 꿇을 듯 울상을 지었다.

"지금 네가 잘 몰라서 그래. 생각보다 진짜 심각한 상황이라고."

하지만 나오는 리노의 장단에 맞춰 주고 싶은 기분이 아니었다. 나오는 약한 소리를 내뱉는 리노를 한껏 비웃었다.

"네가 원한 거 아니야? 후회 안 한다면서."

리노는 입 냄새가 풍겨 올 듯 컴퓨터 화면에 가깝게 다가와 입을 열었다.

"나 진짜 이런 말을 하게 될 줄은 몰랐다. 하지만 지금은 말할 수밖에 없어. 네 도움이 절실히 필요해!"

나오는 화면에서 물러나며 얼굴을 찡그리는 리노를 향해 레이저 총을 쐈다. 불꽃이 튀면서 모니터는 순식간에 꺼져 버렸다.

"나오, 이 자식……."

리노의 마지막 말이 절규가 되어 메아리쳤다.

나오는 다른 컴퓨터에서 현재의 상황을 뽑아내고 있었다. 리노의 걱정보다 나오는 더 많은 정보를 수집하고 있는 셈이었다. 리노의 말처럼 상황은 생각보다 심각했다. 44구역을 포함해서 5개 구역이 폐쇄되고 8개 구역에서 전염병이 번지는 추세였다.

이러다 보면 모든 구역이 넥스 바이러스에 감염되어 버릴 것이다. 바이러스는 감염되고 발병하면 이 주일 안에 대부분이 죽을 정도로 치명적이었다. 사람들이 느끼는 공포는 폭력성으로 이어져 각 구역마다 폭동이 점차 커질 기미가 엿보였다.

지구에 남겨진 마지막 사람들은 원래부터 마음껏 범죄를 저지르며 거칠게 생활해 왔지만, 지금처럼 무섭도록 필사적인 경우는 처음이었다. 당장 죽어도 상관없다는 듯 살던 인간들이 이럴 때는 생존 본능이 꿈틀거리는 모양이었다. 지금은 그 욕망이 언제 터질지 한 치 앞을 헤아릴 수도 없을 정도였다. 사람들은 거리로 쏟아져 나와 백신이 있을 만한 곳을 뒤지고 다니기 시작했다. 리노가 공급책이라는 것을 알고 그 집은 벌써 폭도들에 의해 처참히 짓밟히고 난 후였다.

리노를 도와주는 꼴이 되는 건 죽기보다 싫었지만 폭동이 일어나면 나오 자신에게도 어떤 피해가 올지 몰랐기 때문에 무슨 수를 써서라도 막아 내는 게 급선무였다. 그러기 위해서는 화성과의 통신 라인을 연결해야 했다. 복구할 수 있을지는 미지수였지만.

한참을 연구한 끝에 화성과의 통신 케이블이 연결된다. 화면에 사람 얼굴이 어렴풋이 떠오르자 나오는 쾌재를 불렀지만, 상대방 반응은 밋밋하기 그지없다. 화면은 자꾸 흔들려 형체를 알아볼 수 없고 잡음이 심해서 목소리만 겨우 메아리치듯 들려온다. 그것도 한참이나 늦게 전달된다. 한 글자씩 끊어지는 음성은 별로 기대할 만한 게 없는 느낌이다.

"여긴 위험해요. 모두 죽을 겁니다. 우린 도움이 필요해요!"

나오는 힘껏 외쳐 보지만 통신 라인에서는 잡음만 크게 들릴 뿐 사람 소리는 들리지 않는다. 숨도 못 쉬며 기다린 지 몇 분이 흘렀는지 모르겠다. 지쳐서 돌아가려고 할 때다.

"우린 지구를 도울 수 없습니다."

"그럼 그렇지. 너희들이 뭘 할 수 있겠어?"

나오는 화면에 흐릿하게 나타난 남자에게 주먹을 휘두른다. 화면엔 금이 갔지만 기계적인 음성은 여전히 들려온다.

"당신이 누군지 알고 싶습니다."

"필요 없어. 나 같은 놈을 알아서 뭐 하게? 도와주지도 않을 거면서."

나오는 화성과의 통신 케이블을 끊으려고 한다. 그 순간.

"우린 이브가 필요해요. 그걸 알고 있다면 협상이 가능할 수도 있습니다."

다급하게 들려온 소리다.

"이브?"

나오는 케이블 선을 뽑을 수 없다.

"알고 있습니까?"

나오는 천천히 일어서며 묻는다.

"왜 필요한 거지?"

"자세히 말할 수는 없지만 화성의 낯선 환경과 생소한 바이러스로 많은 사람들이 죽어 가고 있습니다. ……화성의 환경에 맞춰 인간들을 새롭게 복제할 필요가 생겼습니다. 지구에는 최초의 복제 대상으로 쓰였던 이브가 있습니다. 소재를 알고 있습니까?"

"……알고 있다면 어떻게 할 거지?"

나오의 주먹 쥔 손이 부르르 떨린다.

"이쪽에서 이브를 가지러 우주선을 보낼 겁니다. 그리고 우리가 할 수 있는 최선의 도움을 드리겠습니다. 그러기 위해서는 먼저 확실한 증거가 필요합니다."

"우리는 넥스 바이러스의 백신이 많이 필요하다고."

나오가 화면에 달라붙어 주먹을 내려치자 순간 화면이 켜졌다가 바로 꺼진다. 시간이 조금 흐른 후 기계적인 음성이 다시

들린다.

"알겠습니다. 우리에게 그 백신이 있습니다. 증거가 있습니까?"

나오는 자신의 왼쪽 손등을 본다. 숫자와 함께 굵은 선들이 찍혀 있다. 자신을 증명하는 바코드다.

"A-22320001, 이브의 첫 번째 자손 중 하나다."

한동안 정적이 흐른다. 상대방은 번호를 확인하는 건지 한참 동안 아무 말이 없다.

"확인됐습니다. 그런데 당신은……."

"맞아. 실패작이지. 어른으로 성장하지 못한 아이. 그게 지금 무슨 문제가 돼?"

"알겠습니다. 본인이 소유하고 있습니까?"

"……그래."

"통신 상태가 좋지 않아 곧 끊어질 겁니다. 우주선이 도착하면 이 번호로 접촉을 시도하겠……."

통신이 끊기고 완벽한 고요가 찾아든다.

"난 양심이 없는 사람이야. 내게 '마음'이란 단어를 가르쳐 준 사람이 엄마, 아니 이브라고 해도, 나를 위해서라면 이렇게 팔아 버릴 수 있거든……."

나오는 중앙 기지를 빠져나간다. 최첨단 건물은 풀들이 이곳 저곳에서 비집고 들어와 녹슨 상태로 퇴락해 있다.

"소유! 참 멋진 말이야. 이놈의 세상에 그게 하필 내게 있다니 말야. 이렇게 써먹을 줄 몰랐지만."

집으로 돌아온 나오는 이브를 찾는다. 화성에서 보낸 우주선은 빨리 도착할 것이다. 자기들의 목숨이 걸린 일이니까. 생각보다 화성의 상황이 심각한 모양이다. 무척 서두르는 기색이었다.

"화성이 제2의 지구라고 외치며 떠나갔던 때가 언제였더라."

나오는 건물 지하로 내려가 통제구역 안으로 들어간다.

"오랜만이네."

이브는 냉동된 채로 아름다운 조각상처럼 서 있다. 통제구역은 영하 50도를 유지하는 곳이다. 지구가 점점 더워져서 에어컨에 쓸 전력도 모자라는 판에 이렇게 하고 있는 걸 알면 지구인들이 몇 번이나 폭동을 일으켰을 것이다.

"엄마를 냉동 처리하고 이렇게 버리고 갈 때는 언제고 상황이 나빠지니까 또 엄마를 찾네."

아무것도 걸친 게 없는 이브는 머리카락만이 길게 자란 어린 소녀다. 최초의 이브를 뽑기 위해 열린 콘테스트에서 전 세계 몇 억 대 일의 경쟁을 뚫고 뽑힌 소녀…… 모든 매스컴과 사람들의 이목을 집중시켰던 그녀는 복제가 되고 그 횟수를 거듭할수록 사람들의 관심에서 멀어지고 말았다. 복제된 인간들이 점점 많아지면서 그녀의 존재는 오히려 더 잊혀진다는 것이 아이러니했다. 결국 그녀는 많은 사람의 찬성표를 얻어 냉동 인간이 되었다. 미래의 어느 순간에 다시 쓰일 수도 있을 거라는 막연한 판단에 의해서. 한번도 자신만의 인생을 살아 보지 못한 사람. 그녀는 온몸이 굳어지는 순간 어떤 생각을 했을까?

인간들이 화성으로 떠난 자리에 이브는 덩그러니 남겨져 있었다. 전력이 끊겨 냉동고의 온도가 점차 상승하고 있는 곳에. 이브는 거의 녹아내려 바닥이 물로 흥건했다. 나오는 가까스로 이브를 다시 냉동시켰다. 하지만 이브의 왼쪽 검지는 살릴 수 없었다. 공기를 접한 이브의 검지는 결국 흐물흐물 말랑거리며 축 늘어져 버렸다. 나오는 검지를 잘라 내는 결단을 내렸다.

"당신은 언제나 이용만 당하네."

이브의 얼굴에는 어떤 표정도 떠오르지 않는다.

"만들어지자마자 쓸모가 없다고 폐기 처분 되는 것보다는 나을까?"

나오는 이브의 손을 만져 본다. 이상하게도 따뜻한 열기가 느껴지는 것 같다.

"이제 영원히 안녕이야……."

나오가 나가려고 통제구역의 문을 여는 순간, JKU-27843915호가 통제구역 안으로 달려 들어온다. 찰나의 순간이다. 그 모든 일이 일어난 것은.

나오는 소년을 붙잡으려고 손을 뻗어 보지만 한 발 늦고 만다. JKU-27843915호는 재빠르게 달려가 자신의 목에 걸린 쇠사슬로 이브의 쭉 뻗은 다리를 휘어 감고 바닥으로 패대기쳐 버린다. 나오는 이브를 받으려고 달려들지만 역부족이다. 이브는 안녕을 고하듯 나오의 손을 스치고 바닥을 향해 곤두박질친다. 나오는 눈을 질끈 감는다. JKU-27843915호는 만세라도 부르는 자세다. 쿵, 바닥이 크게 울린다. 얼음이 깨지는 소리가 사방으로 퍼져 나간다. 나오는 그 소리를 다시 한번 더 들어 보고 싶다는 야릇한 충동을 느낀다. 그리고 모든 것이 어둠에 파묻혀 버린다.

"폭동이다. 폭동!"

나오가 걸어 놓은 비상벨이 요란하게 울리고 빨간 불빛이 깜박거리며 실내를 채운다.

"여기다, 여기! 빨리 찾아."

엄청난 함성과 함께 다급한 발소리가 머리 위에서 울린다.

'내 왕국도 이렇게 끝이 나는 건가…….'

JKU-27843915호가 두 팔을 나오에게 뻗으며 다가온다. 이브의 잔해를 짓밟는 소리가 소름 끼치게 들린다. 나오는 의식이 점차 흐려진다.

귀신의 집

세상은 귀신들이 너무나도 무섭게 날뛰는 곳이었다.
그 귀신들을 잡을 사람은 아무도 없었다.

1

......

이곳으로 다시 오고야 말았다.

모든 게 휴대폰으로 수신된 문자 한 통 때문이었다. 잊고 싶었지만 무슨 짓을 해도 결코 잊을 수 없었던 사람이 일 년 만에 보낸 대용량 문자를 확인하는 데는 꼬박 하루가 더 필요했다. 책상 위에 놓인 휴대폰을 바라보고 있어도 바뀌는 건 없었다. 결국 문자를 확인하고야 말았다. 그것은 4층으로 지어진 원룸 건물을 찍은 사진이었다. 입구에 적힌 주소가 낯설지 않았다.

"반가워. 이거 일 년 만인가? 얼굴이 좀 안 좋아 보이네."

낯익은 주소를 보고 찾아간 곳에서 다시는 듣고 싶지 않았던 목소리를 들었다. 나는 온몸에 소름이 돋았다. 그녀의 목소리는 그동안 고생한 것 같지 않게 여전히 맑고 청아했다. 누구나 흐뭇해지고 기분이 좋아져 계속 듣고 싶게 만드는 그 목소리의 마력은 지금도 전혀 바래지 않았다. 어느 좋은 휴가지를 여행하고 온 듯한 나른한 피로가 묻어 있는 그녀를 나는 여전히 무력하게 노려볼 수밖에 없었다.

"어떻게…… 당신이 여기에 있지?"

"안 보여? 이곳에 새 집을 지었잖아. 건물이 너무 낡아서 없애고 싶었는데, 누군지 모를 사람이 고맙게도 불을 질러 줬지 뭐야."

"예, 예전의 그런 곳이야? 이번엔 그렇게는 안 될 거야! 내가 경찰에 신고해 버릴 테니까."

"안됐네. 그냥 평범한 원룸이거든. 네가 생각하는 그런 곳을 여기에 또다시 지을 멍청이가 누가 있겠어? 쯧쯧, 아직도 현실을 모르는구나? 그런 건 벌써 다른 곳에 많이 있어."

"말도 안 돼. 더 있다고? 당신은 소년원에 있어야 하잖아."

"나 그때 미성년자였잖아. 미, 성, 년, 자. 그리고 우리 엄마가 돈이 썩어 나갈 정도로 많거든. 비싼 변호사 쓰고 돈도 좀 돌리고 계속 항소하고 있어서, 아마 힘들지 않게 처리될 거야. 사람들은 너무나도 쉽게 잊어버리거든. 그 후에 일이 어떻게 되었는지는 아무 관심도 없어. 지금도 내가 이렇게 나와 자유롭게 돌아다니고 있는 것처럼."

순간 뒤통수에 둔탁한 통증이 밀려왔다. 나는 맥없이 쓰러지고 말았다. 전에도 이런 일이 있었다는 것이 멀어지는 의식 속에서 떠올랐다. 정신이 아득해지는 가운데 귓속으로 그녀의 목소리가 흘러들어 왔다.

"또 속네. 어째 넌 변하지가 않니? 뭐, 네가 우리 손에 편하게 들어왔으니 잘됐지만 말야. 작년에 우리 재미있게 즐겼잖아. 좋은 거 많이 줄게. 너도 우리가 그리웠지? 이번엔 저번처럼 탄로 날 일 없으니까, 아무 걱정 하지 마."

나는 일 년 만에 다시 기억하기 싫은 이곳으로 돌아오게 되었다. 내 삶을 뿌리째 뽑아 버릴 만한 어둠이 다시 시작되는 느낌에 나는 더 이상 버티기 힘들었다. 그런 일이 일어났어도 세상은 바뀐 게 하나도 없었다. 세상은 귀신들이 너무나도 무섭게 날뛰는 곳이었다. 그 귀신들을 잡을 사람은 아무도 없었다.

2
......

　밤에 잠이 들어도 내 몸은 어딘지 알 수 없는 공간을 둥둥 떠다니는 느낌이 들었다. 밤새도록 자고 오후 늦게 일어나도 내 몸은 언제나 원인 모를 멍이 들어 있거나 근육통에 시달렸다. 날이 지날수록 눅눅하게 물먹은 스펀지처럼 점점 무거워지는 몸 때문에 자리에서 일어나기가 더 어려워졌다. 내가 이상하다는 것은 알았지만 구체적으로 어떤 일이 일어나고 있는지 안 것은 그로부터 이틀 후였다. 내가 잠든 줄 알고 부모님이 나눈 대화 때문이었다.

　"여보, 나는 사실 애가 무서워서 견딜 수가 없어. 저번에 자고 있는데 갑자기 현관문을 열고 밖으로 나가려고 했다니까."

"그래도 어쩌겠어. 지금 상담 받고 있으니까, 곧 좋아지겠지."

"언제까지 이래야 하냐고. 삼 개월 병가 낸 것도 이제 거의 다 돼 가잖아. 나도 곧 회사에 나가야 하는데. 이런 상태인 애를 창피하게 누구한테 맡기란 말야? 전에 뉴스에 나온 일도 있어서 말은 안 했지만 다들 뒷말을 하고 있는 것 같아. 주변 사람들한테 눈치가 보여 죽을 지경이라고."

"지금 당장은 어쩔 수 없잖아. 일단 몽유병이라도 치료해서 돈을 더 얹어 주면 간병인은 찾을 수 있을 거야. 내가 일하고 있으니까, 돈은 어떻게든 되겠지. 너무 걱정하지 마."

몽유병이라는 말을 듣고 나는 쉽사리 잠을 이룰 수 없었다. 나는 스스로 내 팔과 다리를 침대에 묶어 놓았다. 그다음 날엔 다행히 밖에 나가지 않은 모양이었다. 단지 손목과 발목에 새빨간 피멍이 들어 있을 뿐이었다. 시퍼렇게 멍든 발목을 보자 몸 부림치며 잊으려고 노력하던 기억들이 홍수처럼 밀려들었다. 다시 떠오르는 귀신의 모습에 신음이 흘러나왔다. 이불을 입에 쑤셔 박았다. 헛구역질이 솟았다. 그때의 기억이 되살아날 때마다 입술을 하도 물어뜯어 피가 나올 정도였다.

하얀 소복을 입은 귀신이 한 발 한 발 다가왔다. 도망치려고 하지만 손과 발, 몸 곳곳에 대못이 박힌 듯 움직일 수 없었다.

이게 가위에 눌린 상태라는 걸 나는 너무나도 잘 알고 있었다. 아무것도 할 수 없다는 무기력한 느낌이 내 정신을 자꾸만 흩뜨려 놓았다. 누군가가 나를 밖으로 불러내는 것 같았다. 내 온몸에 실을 연결해 보이지 않는 곳에서 나를 마음대로 조종하는 느낌이었다.

나는 의식하지 못하는 사이에 침대에 묶인 끈이 풀릴 때까지 팔목을 흔들었다. 살갗이 벗어지는데도 멈추지 않고 세차게 팔을 움직였다. 마침내 팔을 묶은 끈이 풀어졌다. 거실로 내려가 부엌에서 무언가를 손에 쥐었다. 나는 어디로 가려는 것일까? 손에 쥔 이것을 어떻게 하려는 것일까? 나는 둥둥 떠다니며 밖으로 나가고 있었다.

나는 현관문을 열었지만 잠겨 있어서 손잡이를 자꾸 흔들었다. 문이 덜컹거리는 소리에 달려 나온 부모님이 내 모습을 보고 비명을 질렀다. 내가 들고 있는 칼을 서로 빼앗으려고 옥신각신했다. 그런 와중에 내가 손을 휘젓다가 칼이 엄마의 팔에 스치고 말았다. 순식간이었다. 엄마는 비명을 지르며 피가 나오는 부분을 눌렀다. 그 소리에 정신을 차린 나는 내가 한 짓에 놀라 들고 있던 칼을 떨어뜨렸다.

구급차가 오고, 엄마가 병원에 가고, 정신없는 시간을 보내며 가슴에 있던 뭔가가 결국 터져 버렸다. 어디서 나와 어디로 향하는지 알 수 없는 분노가 나를 숨 막히게 만들었다. 부모님을 쳐다볼 수 없었다. 그들의 눈빛이 절망스러울수록 나를 이렇게 만든 것들을 세상에서 모두 없애 버리고 싶었다. 나는 엄마가 팔을 치료하는 사이 병원을 뛰쳐나와 앞뒤를 살피지도 않고 달려 나갔다.

나는 두려우면서도 각오를 단단하게 다지며 그 집으로 향했다. 그 집의 존재 자체가 내가 귀신에 시달리며 가위에 눌리는 이유일 거라고 확신했다. 그것을 없애야지만 나는 악몽을 꾸지 않고 잠들 수 있을 것이다. 어떻게 이 집은 아직도 그때의 모습을 유지하고 있는 것일까? 모든 흔적을 세상에서 지워 버리기로 했다.

열린 대문 안으로 들어가 준비해 온 라이터로 거실 커튼에 불을 붙였다. 그리고 밖으로 나와 건물 근처에서 집이 불타오르는 걸 동영상으로 찍었다. 그 역사적인 장면을 두고두고 꺼내 보기 위해서였다. 이제 이 모든 것에서 벗어날 수 있을 거라는 희망을 품고서.

하지만 얼마 지나지 않아 주위에 구경꾼들이 모여들더니 몇 분 만에 소방차가 사이렌을 울리며 나타났다. 급하게 소방차에서 내린 소방대원들은 집에 난 불을 순식간에 꺼 버렸다. 건물에 남은 불을 끄려고 돌아다니는 소방대원들이 원망스러웠다. 저 불이 내게 어떤 의미인데, 저렇게 쉽게 꺼 버리다니!

검게 그을리기는 했지만 굳건하게 버티어 선 집은 여전히 무너지지 않았다. 밤의 어둠을 뒤집어쓴 집의 위용은 더욱 거대해 보였다. 나같이 미약한 존재는 자기에게 작은 흠집조차 낼 수 없다는 듯이.

3
......

"이번 주에 우리 집에 올래?"

선배의 이 한마디로 모든 게 시작되었다. 선배가 말을 걸어
준 것만으로도 나는 하늘을 날듯이 기뻤다. 그녀는 우리 학교의
대표 미인으로 통할 정도로 근방에서 아주 유명했다. 그런 선배
가 내게 말을 걸어 주고 집에까지 초대해 줬다는 사실이 믿기
지 않았다. 선배 집에 갈 날을 고대하며 꿈같은 시간을 보냈다.

드디어 선배를 만나 집으로 향했다. 그런데 선배의 집은 왠
지 모르게 상상했던 것보다 허름했다. 2층짜리 단독 주택으로
페인트칠이 바랜 외벽을 담쟁이덩굴이 둘러싸고 있었다. 노랗
게 마른 잎들이 다닥다닥 붙은 집의 모습이 도통 선배의 이미

지와는 연결되지 않았다.

"왜? 실망했어?"

"죄송해요. 좀 놀라기는 했어요."

선배가 큰 소리로 웃었다. 그 모습이 너무나 예뻐서 여자인 나도 넋을 잃고 바라볼 정도였다.

"너 진짜 거짓말을 못하는구나. 그래서 너랑 친해지고 싶었던 거지만."

"선배가 어디 성 같은 곳에서 산다는 소문이 있었거든요."

"그런 말이 아직도 떠돌고 있는 거야? 어쨌든 들어가자. 사실 집이 이래서 믿을 수 있는 사람 외에는 못 데려오거든."

그럴 것 같기도 했다. 선배는 학교에서 모르는 사람이 없으니까, 시기하고 질투하는 사람도 많았다. 집이 좀 허름해도 선배의 가치가 낮아지는 것이 아닌데, 그걸 가지고 나쁘게 말하는 사람들이 있을 것이다. 그만큼 선배가 나를 믿어 주는 것 같아 어깨가 으쓱했다.

선배랑 이런저런 얘기를 하며 놀다가 밤이 깊어져 자리를 정리하고 자기로 했다.

"잠은 여기에서 자. 불편한 게 있으면 얘기하고."

선배가 2층 자기 방을 내주며 잠자리를 마련해 주었다. 그런 선배의 마음이 고마웠다.

"선배는 어디에서 자요? 그냥 여기서 함께 자요."

내 말에 선배는 괜찮다며 1층으로 내려갔다. 나는 침대에 누워 이불을 덮었다. 선배의 향기가 배어 있는 것 같아 기분이 좋아져 금세 잠이 들 것 같았다.

그런데 생각했던 것보다 쉽게 잠이 오지 않았다. 창밖에 서있는 가로등 때문에 불을 꺼도 방 안은 어둡지 않았다. 천장으로 간간이 지나가는 자동차 헤드라이트 불빛이 나타났다 사라졌다를 반복했다. 가로등의 주황색 불빛이 방 안 가득 들어차 있어서 내가 정육점에 매달린 고기라도 된 양 기분이 이상했다. 그걸 하염없이 바라보다가 어느 순간 온통 암흑천지가 되었다.

언제 잠이 든 걸까? 한번 잠에 빠지면 잘 안 깨던 내가 낯선 곳이라서 그랬는지 몸을 뒤척거리다가 눈이 살짝 떠졌다. 눈에 보이는 것은 자기 전에 올려다본 천장이었다. 잠결에도 정면에 천장이 보이는 것이 왠지 이상하게 생각되었다. 나는 똑바로 누워 자면 허리가 아팠다. 그래서 왼쪽이나 오른쪽으로 몸을 돌려 잠을 자곤 했던 것이다.

'내가 왜 이렇게 자고 있지?'라고 생각하며 돌아 누우려고 했다. 그런데 이상했다. 몸이 움직이지 않았던 것이다. 몇 번이고 다시 시도해 봐도 소용없었다. 대체 이게 무슨 일인가 싶어 선배를 부르려고 입을 열었다. 하지만 입을 연 것은 나의 생각일 뿐 두 입술은 접착제라도 붙여 놓은 것처럼 딱 붙어 움직이지 않았다. 소리를 지르려고 해도 목구멍에서는 작은 신음도 흘러나오지 않았다. 그제야 '이런 게 가위에 눌린다는 거구나.' 하는 생각이 들었다.

그때 뭔가 이상한 기척에 발 쪽으로 시선을 돌렸다. 다행히 눈동자는 움직이는지 내 발밑이 보였다. 그런데…… 등골이 오싹했다. 주황색 가로등 불빛을 배경으로 하얀 소복을 입은 검은색 긴 머리의 여자가 내 발목을 잡고 있었다. 발목에서 여자의 손이 느껴진 것은 아니었다. 하지만 왠지 내 발목을 잡아 끌어당기고 있다는 상상이 떠올랐다.

여자는 눈을 치켜떠 나를 노려보고 있었다. 비명을 지르고 싶어도 목소리가 나오지 않았다. 여자를 뿌리치고 도망치려고 해도 몸을 움직일 수 없었다. 여자에게서 눈을 돌리고 싶었다. 하지만 아까 자유롭게 움직이던 눈동자가 이번에는 내 맘대로 움직이지 않고 여자에게 사로잡혀 버렸다. 여자의 긴 머리, 창백할 정도로 하얀 얼굴, 째려보는 눈빛, 새하얀 소복, 그리고 검은 목……. 왜 여자의 목만이 검은 건지 이상했다. 갑자기 '저

부분이 실제로는 없는 게 아닐까?'라는 망상이 떠오르자 두려움이 엄습했다.

이번에는 내 눈동자가 의지를 벗어나 자기 마음대로 움직였다. 여기저기로 획획 굴러다니는 통에 현기증이 일어났다. 어느 순간 정신이 아득해지는 느낌에 눈을 찔끔 감고 말았다. 그리고 또다시 내 기억은 암흑이 되었다.

다음 날 다행스럽게도 밝은 햇살이 방 안으로 비쳐 들었다. 나는 눈을 비비며 묵직한 몸을 일으켰다. 온몸이 경직되었던지 몸 여기저기가 뻐근했다. 갑자기 어젯밤에 본 것이 꿈인지 현실인지 알 수가 없었다. 하지만 온몸이 밧줄에 결박당하여 가위에 눌린 듯한 느낌은 아직도 강렬하게 내 몸 구석구석에 남아 있었다.

일어나서 나오려는 순간 발목을 손으로 감싸며 그 자리에 주저앉고 말았다. 뭔가 아픈 느낌에 이상하다 싶어 바지를 걷어 올렸다. 발목에는 끈으로 묶어 놓은 듯한 푸른 멍이 들어 있었다. 어디에서 이런 멍이 든 건지 알 수 없었다. 어제 꿈이 실제였던가 싶어 순간 뒷골이 싸늘해졌다.

달그락거리는 소리가 들리는 부엌으로 향하는데, 걷는 발걸음이 이상할 정도로 묵직하게 느껴졌다. 마치 발목에 쇠고랑이라도 찬 것처럼 무거운 발이 내 몸이 아닌 것만 같았다.

"선배, 어제 있잖아요……."

선배에게 말을 건넸지만 그녀는 라면을 끓이기에 바빴다.

"아침이 라면이라 미안하네. 간단하게 할 만한 게 없어서."

"어제 가위에 눌려서 제가 귀신을……."

쿵! 팍! 접시가 바닥에 큰 소리를 내며 떨어져 산산조각으로 박살 나 버렸다.

"뭐라도 본 거야?"

깨진 접시를 치울 생각도 않고 선배는 어두운 얼굴로 물었다. 왠지 그녀 주위로 음산한 기운이 퍼져 나오는 것 같아 그렇다고 말할 수 없었다. 저절로 좌우로 흔들어지는 고갯짓에 그제야 그녀가 방긋 상큼한 웃음을 흘렸다.

"그렇지? 집에 나 혼자 있는데, 그런 얘기를 하면 안 되지. 너도 느꼈겠지만 이 집이 좀 음산하잖아. 무서운데 나랑 함께 있어 줄 것도 아니니까, 괜히 겁주지 말아 줄래?"

"아니에요. 그럴 때는 저 불러 주세요. 금방 달려올게요. 무서워하지 마세요."

선배가 내게 다가와 안아 주며 고맙다고 말했다. 라면은 어느새 퍼져서 맛이 없었지만 선배의 향에 취해 맛을 느낄 겨를 이 없었다.

밥을 먹고 거실 소파에 앉아 할 일 없이 텔레비전을 봤다. 한 시간이나 지났을까, 나도 모르게 꾸벅거리며 졸다가 화들짝 놀 라 잠이 깼다.

"여기에 오니까 계속 잠이 오네요."

"그만큼 네가 편안하게 생각하고 있다는 거니까 나로선 기분 이 좋네. 이 집이 좀 낡아서 다들 기분 나빠했거든. 너도 알지? 나에 관한 이상한 소문이 많이 퍼져 있잖아."

"그건 애들이 선배가 부러워서 모함하는 거죠. 선배처럼 얼 굴도 예쁘고 공부랑 운동까지 잘하는 사람은 없잖아요. 내가 그 소문 퍼트리고 다니는 사람을 봤으면 흠씬 두들겨 패 줬을 거 예요. 걱정 마세요. 다들 헛소문이란 거 아니까."

선배에 대한 소문은 정말 말도 안 되는 것이었다. 누가 말하 고 다니는지는 모르겠지만 선배에 대한 악의적인 감정이 느껴 질 정도였다. 원조 교제를 하고 다닌다느니, 여중생들을 거느리 는 어떤 조직에 있다느니, 심지어는 '걸레'라는 험한 말까지 떠 돌아다녀서 정말 기가 막힐 정도였다. 누군지 안다면 경찰에 명 예훼손으로 고소를 해야 할 정도였다.

"고마워. 이렇게 생각해 주는 사람이 있으니까 든든하네. 방에 들어가서 한숨 더 자. 이따가 저녁 정도에 깨워 줄게."

"그래도 될까요? 저녁은 제가 하려고 했는데, 죄송해요. 정말 이 집에서는 제가 편해지나 봐요. 요새 밤늦게까지 좀 놀러 다니느라 피곤했는데, 선배네 집에서 그동안 쌓인 피로를 싹 푸네요."

"저녁은 걱정 마. 뭐, 맛있는 거라도 시켜 먹으면 되지. 난 게임이라도 하고 있을 테니까."

선배에게 인사하고 방으로 들어와 금방 잠이 들어 버렸다. 꿈인가? 혼미한 정신이 오락가락했다. 내가 어디에서 뭘 하고 있는지 모를 정도로 정신이 저 먼 곳을 헤매는 것 같았다. 감기 몸살에라도 걸린 듯 온몸이 무언가 알 수 없는 뜨거운 열기에 사로잡혔다. 정신이 없는 와중에 내 몸에 올라타고 있는 하얀 것이 얼핏 보였다. 어젯밤 가위에 눌리면서 본 여자였다. 하얀 소복을 입은 여자가 내 몸을 내리누르고 있었다. 여자를 떨쳐내려고 해도 손가락 하나 움직일 힘이 없었다. 이러다간 내 몸이 녹아내려 사라져 버릴 것만 같았다.

잠에서 깨자 생각하기 싫은 악몽 때문에 온몸이 식은땀으로 후줄근하게 젖어 있었다. 너무나 이상했다. 왜 이렇게 끝없이 잠이 오고 몸이 나른한 건지 알 수 없었다. 정말 이 집에 귀신이 있는 건지도 몰랐다. 형체를 알 수 없는 두려움이 들이닥쳤다. 더 이상 참지 못하고 자리에서 벌떡 일어나고 말았다. 코끝이 찡해지면서 주변이 어지럽게 느껴질 정도로 현기증이 일었다. 갑작스러운 빈혈 증상이었다. 정신을 차리고 겨우 짐을 챙겨 1층으로 내려갔다.

"저 이만 집에 가 봐야겠어요."

가져왔던 짐을 들고 현관문을 향하며 말했다. 선배에게 인사를 하는 둥 마는 둥 서둘렀다. 차마 말할 수는 없었지만 여긴 귀신이 붙은 집이었다. 선배에게는 미안하지만 이곳에서 한시라도 빨리 벗어나고 싶은 게 솔직한 심정이었다.

"갑자기 왜 그래? 주말이라서 내일까지 있겠다고 했잖아."

"아뇨. 집에 급한 일이 생겼다고 해서요. 죄송해요. 다음에 또 놀러 올게요."

적당한 구실을 늘어놓으며 현관문을 열었다. 선배가 더 잡더라도 여기 있을 마음은 눈곱만큼도 없었다. 그런데 문이 열리지 않았다.

"왜 그래? 뭐가 잘 안 되나 보지?"

"선배, 문이 안 열리네요. 죄송한데, 좀 열어 주시겠어요?"

아무런 대답이 없어서 선배를 몇 번이나 불렀다. 뭔가 이상한 느낌에 천천히 뒤를 돌아보았다. 그녀는 거실 소파에 앉아 내가 하는 걸 가만히 지켜보고만 있었다.

"선배?"

"그냥 모른 척 있었으면 험한 꼴 안 보고 잘 끝날 일인데……. 뭐, 어쩔 수 없지."

"네? 그게 무슨 말이에요, 선배?"

선배는 아무 움직임도 없이 가만히 웃고 있을 뿐이었다. 한 번도 본 적 없는 음산한 얼굴로 선배는 팔을 들어 올렸다. 나도 모르게 손에 힘이 들어가면서 거칠게 문손잡이를 흔들었다. 쿵쾅거리는 소리가 커졌지만 문은 뭔가에 가로막힌 듯 열리지 않았다.

갑자기 오싹한 한기가 느껴졌다. 뒤에서는 어디서 나타났는지 또래로 보이는 듯한 남자 대여섯 명이 섬뜩한 미소를 흘리며 내게 다가오고 있었다. 뒤로 물러서다가 현관문에 등이 닿았다. 더 이상 움직일 수 없었다.

"저 사람들은 누구예요?"

"너 가출하고 싶다고 했잖아. 여기 있으면 잠도 재워 주고 먹을 것도 걱정 안 해도 돼. 어때? 여기서 나랑 함께 지내자. 재미

있을 거야. 누가 뭐라고 하는 사람도 없고 자유롭게 하고 싶은 건 다 할 수 있어."

"저 사람들이 누구냐고요!"

"집에 들어가기 싫다고 친구 집에서 며칠씩 지낸다면서. 그것도 오래하면 눈치 보이잖아. 여기는 괜찮아. 네가 원하는 만큼 있어도 상관없거든. 좋지 않아?"

남자들이 내게 가까이 다가왔다. 아무리 선배를 불러 봐도 알 수 없는 말만 하면서 그녀는 움직이려 하지 않았다. 정말 내가 알던 사람이 맞나 싶었다. 천천히 한 발자국씩 다가오는 남자들을 피해서 달아나려고 했다. 하지만 내가 움직이면 한순간에 달려들 것 같은 묘한 긴장감이 느껴져서 이러지도 저러지도 못한 채 오도카니 서 있을 수밖에 없었다. 그들에게서 도망칠 수 있는 공간을 찾았지만 달아날 방향을 모두 막아서고 있었다.

갑자기 다가온 한 남자에게 손목이 잡혔다. 그 순간 비명을 지르며 남자를 밀쳤다. 남자의 손을 물어뜯고 발로 차면서 저항해 보았다. 하지만 어떤 남자에게 배를 걷어차여 숨이 컥 막히며 쓰러지고 말았다.

"씨발, 겨우 얌전해졌네. 아 씨, 손목 물렸잖아."

"그러게 처음부터 묶어 놓지. 내버려 두니까 도망칠 뻔했잖아.”

“그만 투덜거리고 지하에 데려다 놔. 걘 한번 써먹었으니까 이제 막 굴려 봐야지. 2층에 데려올 애는 골라 놨어?”

멀어지는 의식 사이로 누군가의 말들이 의미 없이 흘러 들어왔다가 흘러 나갔다. 그중에서 선배의 목소리가 얼음처럼 차갑게 가슴을 쿡쿡 찔러 댔다. 모든 게 깜깜해졌다.

4
......

바닥이 축축하고 차가웠다. 무거운 눈꺼풀을 힘겹게 떴지만 주변은 어두컴컴해서 아무것도 보이지 않았다. 알 수 없는 흐느낌이 먼 곳에서 들려왔다. 가슴을 저미는 안타까운 울음소리에 서서히 의식이 현실로 돌아왔다. 입안이 메말라 나도 모르게 인상이 찡그러졌다. 그러고 보니 아침 이후로 아무것도 먹지 못했다.

정신이 번쩍 들었다. 언제부터 내가 자고 있었던 건지, 왜 아직도 캄캄한 밤인지, 멍한 정신에 아무것도 알 수 없었다. 의식을 차리려고 할수록 흐느끼는 소리가 점점 커졌다. 몸을 일으키려고 했는데 손목이 끈으로 묶인 상태였다. 물기가 없어 서로 달라붙은 입술을 조금 달싹였다.

"거기 누구야?"

목소리가 지하실을 울렸다. 분명 내 입에서 나온 소리인데도 불구하고 왠지 낯선 느낌이 들었다. 누군지 모를 울음소리가 그쳤다.

"우리 얘기하면 안 돼. 혼나."

"잠깐만! 조금이라도 얘기해 줘. 도대체 이게 어떻게 된 거야? 무슨 일이 일어나고 있는 거냐고!"

목소리가 갈라졌다. 갑자기 모든 게 무서워져 몸이 떨려 왔다. 굳이 대답을 듣고 싶지 않았다. 무슨 일인지 듣는다면 더욱 절망할 것 같았다.

"너 학교에서 문제아지? 집에서도 내놓은 자식이지? 네가 없어져도 누구 하나 이상하게 생각하거나 걱정할 사람 있어? ……아무도 없으니까 네가 여기에 있는 거야."

"그게 무슨 말이야?"

"그들이 시키는 대로 하는 수밖에 없어."

도대체 그게 무슨 소리냐고 소리치고 싶었지만 그럴 수 없었다. 문이 갑자기 쾅 열리며 사람들이 들어왔던 것이다.

"쌍, 뭔 얘기를 하고 있는 거야? 닥치지 못해!"

어두운 곳에서 비추는 강한 불빛에 눈을 감을 수밖에 없었다. 불빛은 여기저기를 비추는 듯했다. 나는 누군가를 발로 차는 소리에 몸을 한껏 움츠렸다. 거칠게 일으켜진 내 몸뚱이를 사람들이 지하실 밖으로 끌고 나갔다. 질질 끌려가면서도 무슨 상황인지 살펴보려고 했지만 어두운 지하실 전부를 볼 수는 없었다. 발에 뭔가 차이는 느낌과 끙끙거리는 신음 소리를 들을 수 있을 뿐이었다.

골목길 주황색 가로등 불빛이 2층 방 안을 어렴풋이 밝혔다. 나는 거칠게 침대에 앉혀졌다. 어제는 맡지 못한 퀴퀴한 냄새가 방 안 가득 들어차 있어서 기분이 더욱 불쾌했다.

문이 열리고 선배가 들어왔다. 선배에게 달려들고 싶었지만 침대 기둥에 팔이 묶여서 움직일 수 없었다. 내가 할 수 있는 것이라고는 있는 힘껏 선배를 노려보는 일밖에 없었다.

"이게 무슨 짓이야?"

"담배 피울래? 네가 좋아했던 거야."

선배가 담배에 불을 붙여 내 입에 넣었다. 피우기 싫었지만 내 머리를 눌러 움직이지 못하게 만들고 코를 막았다. 숨을 쉴 수 없어서 연기를 빨아들일 수밖에 없었다. 기침이 튀어나왔다.

"왜 화를 내지? 네가 원했던 거잖아. 가출하고 싶다고 난리쳤었잖아."

"내가 가만있을 줄 알아? 어떻게든 도망쳐서 경찰에 신고할 거야. 지금이라도 날 풀어줘. 누구한테도 아무 말 않을 테니까. 응?"

"넌 여기서 도망칠 수 없어. 도망쳐서 경찰에 신고한다고 해도 소용없을걸. 내가 꽤 있는 집 자식이거든. 여기 오는 손님들도 다들 한 자리씩 하고 있는 사람들이라 이런 게 세상에 드러나지 않도록 꽤 힘을 쓰고 있어. 네가 아무리 발버둥 쳐도 유야무야 사라질 뿐이야. 그냥 지금 현실에 만족하고 포기하는 게 맘 편할 거야."

"말도 안 돼. 선배를 믿었는데. 나한테 어떻게 이럴 수 있어?"

"이제 얌전히 있어. 너도 곧 기분이 좋아질 테니까."

선배가 일어났다. 소리를 치고 싶었지만 목소리가 나오지 않았다. 어제 가위에 눌린 것처럼 정신이 흐려지면서 잠이 쏟아지는 것 같았다.

"네가 피운 담배는 사실 마약이야. 이 집에 있으면서 계속 맡은 거라 몸이 잘 받아들일 거야. 이게 대마초의 다섯 배나 되는 효과를 준 대잖아. 완전 끝내주지 않아? 맘껏 즐겨 봐."

선배의 웃음소리가 점차 멀어졌다. 나는 귀신이 한 무더기로 나오는 악몽에 온몸에 힘이 빠지고 지쳐 버렸다. 귀신에게서 도망치려고 아무리 발버둥을 쳐 봐도 내 몸은 가위에 눌려 움직이지 않았다.

나는 다시 지하실 바닥으로 내동댕이쳐졌다. 내 몸이 단순한 고깃덩어리같이 느껴졌다. 어쩌다 이런 일이 내게 벌어지고 있는 건지 아직도 믿기지 않았다. 집을 나온 게 잘못이었을까. 집에 있어도 내게 뭐라고 할 사람은 없었다. 부모님 모두 맞벌이라 바빴으니까. 내가 하고 싶은 일은 맘껏 할 수 있었다. 용돈도 풍족하고 잔소리 들을 일도 없고 내가 뭘 하는지 간섭 받지도 않았다. 그런 자유를 두고 뭘 더 누리겠다고 이곳까지 오게 된 걸까 후회가 되었다.

어둠 속에서 붉은빛이 쉴 새 없이 번쩍거렸다. 간간이 환한 빛이 순식간에 주변을 밝히고는 사라졌다. 나는 모포로 얼굴을 덮고 들것에 실려 나갔다. 구급차 침대에 올려지면서 누군가가 내 손을 잡아 주었다. 그 사람의 손바닥은 땀으로 축축했지만 왠지 모르게 따뜻해서 나는 그 손을 놓을 수 없었다.

"이제 걱정 마. 모든 게 잘 해결될 거야."

그 누군가의 말에 안심이 되었다.

5
......

한 달이 지났다. 그 끔찍한 곳에서 구조된 후 삼 주일 넘게 요란하던 언론의 관심이 점점 사그라졌다. 창밖으로 집 앞을 서성이던 사람들이 이제 모두 사라진 걸 확인했다. 나는 그동안 내 방 밖으로 한 발자국도 나가지 못했다.

부모님은 이사를 가야겠다며 집을 알아보러 다녔다. 부모님은 먹을 것을 챙겨 놓고 집에 들어오지 않을 때가 많았다. 그런 부모님을 이해할 수 있었다. 그들은 언제나 돈으로 해결해 왔으니, 이번에도 그것으로 자신들의 역할을 다 했다고 생각하는 것이다. 어떻게 그럴 수 있냐며, 우리가 가족이 맞긴 한 거냐며 소리쳐도 그들은 정말 이해할 수 없다는 듯이 나를 바라봤다. 이

144

런 순간에도 그들은 내가 받은 마음의 상처보다는 자신들의 명성과 사회적 지위에 위협이 될 만한 소문에 더 신경을 쓰는 눈치였다.

나는 텔레비전과 인터넷을 통해 모든 뉴스를 섭렵했다. 내가 대체 어떤 곳에 있었고 또 무슨 일이 일어났던 것인지 정확하게 알고 싶었다. 하지만 그곳이 어떻게 운영되고 누가 찾아왔는지에 대한 것보다, 그곳에 갇혀 있던 사람들이 누구이며 어떤 생활을 했는지에 초점이 맞춰져 방송이 되었다. 피해자들의 성실하지 못한 학교생활, 스스로 가출하고 제 발로 그곳을 찾아들었던 것, 많은 남성들에 의해 농락 당했다는 것 등이 말이다. 인터넷에서는 신상 털기가 이뤄졌고, 자기 잘못으로 그런 꼴을 당한 것이니 동정할 필요가 없다는 댓글까지 있었다.

얼마 후, 내게 메일 하나가 날아왔다. 바로 그 선배였다. 친구를 통해 보낸다는 말과 함께 파일 하나가 첨부되어 있었다. 그것은 귀신의 집에 누가 오고 얼마를 냈는지를 상세히 기록한 장부 비슷한 것이었다. 경찰들이 이 자료를 찾는다는 소리를 들은 것 같았다. 선배는 날 아끼니까 자료를 보내는 거라며 그것을 어떻게 사용할지는 내게 달렸다고 했다. 자기는 장부에 기록된 사람들을 협박해 돈을 뜯어내고 있어서 꽤 짭짤한 수익을 올리고 있다는 말을 함께 덧붙이면서.

　나는 당연히 그것을 경찰과 각종 언론 매체에 보냈다. 그런데 아무 소식도 없었다. 뭔가 달라질 것이라고 기대한 내가 바보였다. 그래서 이번에는 인터넷 포털 사이트에 그 내용을 모두 올렸다. 한동안 시끄러웠다. 경찰이나 언론에서도 그제야 수사를 하고 뉴스로 다루기 시작했다. 그것은 많은 내용 중에서 극히 일부분에 지나지 않았다. 다른 많은 것은 어디로 사라져 버린 것인지 알 수 없었다. 검찰이 관련자들을 소환하면서 한동안 언론의 관심이 집중되는 듯했다. 하지만 그것도 얼마 가지 않았다. 성실한 이미지를 가지고 최고의 인기를 달리고 있던 한 연예인의 대마초 사건이 터지면서 수사 상황이 뉴스로 다뤄지지 않고 연예인 얘기에 파묻혀 버리고 말았던 것이다.

　그대로 끝이 났다. 선배가 보내 준 장부에 있던 사람들이 어떤 벌을 받았는지, 그 집과 관련된 사람들이 감옥살이를 얼마나 하게 되었는지, 범죄가 일어났던 장소는 이제 어떻게 되는 것인지, 아는 사람도 궁금해하는 사람도 없었다. 그리고 내가 여기에서 이렇게 말라 가고 있다는 것을 세상의 그 누구도 몰랐다. 귀신들만이 내 곁을 지켰다.

거인의 발자국

기대가 되었다.
내일 이곳에 올라와 짓밟힌
거인의 발자국을 볼 것이.

✦✦✦

　거인이 나타났다. 어제 비가 내린 것은 뜻밖의 행운이었다. 진흙 위에 이렇게 선명한 거인의 발자국이 찍힐 수 있었기 때문이다. 내가 두 팔을 벌린 것보다 더 큰 발바닥 모양이다. 거기다 엄지발가락과 뒤꿈치 자국까지 선명했다. 쾌재를 부르며 발자국을 뒤쫓았다.

　내가 거인을 추적하기 시작한 건 어렸을 때 형을 쫓아 산에 올랐을 때부터였다. 어려서 아버지가 돌아가시고 난 후, 형은 내게 아버지의 다름이 아니었다. 가끔 옆집 아저씨가 안아 올려 줄 때의 느낌을 형에게서는 받을 수 없었지만 밤에 안고 재워 주는 건 다섯 살 많은 형이었다. 형은 낮에 험악하게 치고 박고

싸워도 밤엔 칭얼거리는 나를 꼬옥 안아 주고는 했다. 내가 형이 없으면 잠을 못 자서 엄마가 많이 고생했다는 말을 자주 들었다.

나는 초등학교에 입학하면서 주말마다 형과 산을 오르곤 했다. 주말에도 바쁜 엄마를 대신해 형이 나를 돌봐 줘야 했기 때문이다. 형은 그런 나를 귀찮아 했다. 친구들한테서 놀자고 연락은 오는데 내가 혹처럼 달라붙어 있어서 밖에 나가지 못했던 것이다. 그것도 사 년 정도뿐이었다. 형이 고등학교에 들어가면서부터는 얼굴 보기도 힘들어졌다.

숲을 뒤지며 발자국의 흔적을 좇을 때였다. 어디선가 먼 곳에서 소리가 들려오기 시작했다. 작아서 확실히 알 수는 없었지만 분명 사람 목소리 같았다. 나는 나무둥치 뒤에 몸을 숨겼다. 비탈길 너머로 누군가가 올라오는 듯했다. 내가 발견되면 이 발자국도 들킬 위험이 있어서 몸을 더욱 움츠렸다. 대체 누구지? 불량배들이 여기로 몰려와 지낸다는 말이 친구들 사이에서 떠돌긴 했다. 학교 애들 몇 명이 놀려고 왔다가 불량배 형들에게 붙잡혀 돈을 빼앗긴 경우도 있었던 것 같았다.

길이 아닌 수풀 속으로 들어가 몸을 움직였다. 이대로 내려가 버리면 거인의 발자국을 지키지 못할 것이다. 적어도 그들이 뭐 하는지는 확인해야 맘 편히 이 자리를 벗어날 수 있을 듯했다. 거인 발자국의 흔적을 추적하는 것은 아쉽지만 내일로 미룰 수밖에 없었다.

수풀을 헤치며 비탈길을 올라갔다. 산 중턱에는 짓다 만 집이 있었다. 예전에 누군가가 집을 별장으로 지으려다 부도가 나서 폐가가 되어 버렸다는 얘기가 떠돌았다. 귀신이 나온다는 말도 있어서 여길 오는 걸 꺼렸지만 친구들 사이에서는 담력 시험의 장소로 애용되고는 했다.

굵직한 나무 기둥에서 고개를 빼 들고 주위를 살폈다. 집 주변에는 아무도 없었다. 집 안에서 무슨 소리가 간간이 들려왔다. 집으로 조심스럽게 다가가 커다란 창 밖에서 내부를 살펴보려고 했다. 모두가 거실에 있는 듯 사람의 그림자가 얼핏 보였다. 몸을 낮춰서 집 뒤쪽으로 향했다. 건물의 앞쪽에서 들여다보기에는 위험할 것 같아서 뒤쪽 창으로 몰래 보려는 것이었다.

나는 숨을 죽였다. 거실에는 사람들 대여섯 명이 둘러서 있었다. 그중 한 명은 벽돌을 쌓아 만든 의자에 앉아 바닥에 침을 뱉었다. 그는 내 쪽으로 등을 돌리고 있어서 뒷모습만 보였다. 그들은 한곳을 가리키며 웃었다. 나는 마른침을 꿀꺽 삼켰다. 거실 가운데에는 긴 머리가 흐트러진 여자가 웃옷이 찢어진 채로 무릎을 꿇고 앉아 있었다.

"너 잘못 생각했어. 내가 그렇게 쉽게 놔줄 것 같아? 어디서 감히 나한테 헤어지자고 해?"

의자에 앉아 있던 남자의 손가락이 뭔가를 손짓하듯 작게 까닥거렸다. 그 주위에 서 있던 사람들이 그걸 신호로 무릎 꿇은 여자를 발로 차기 시작했다. 여자는 바닥으로 쓰러졌다. 여자는 꽤 맞았는지 비명조차 지르지 못하고 그만하라며 울음 섞인 소리를 작게 내뱉을 뿐이었다.

얼마 후, 여자에게서는 신음 소리도 흘러나오지 않았다. 의자에 있던 남자가 손을 털며 자리에서 일어났다. 그러자 발길질을 하던 사람들이 멈추고 그 자리에서 뒤로 물러났다. 여자는 온몸에 흙이 묻은 채 정신을 잃은 것처럼 아무 움직임도 없었다.

"그러니까 이렇게 되기 전에 말을 똑바로 했어야지. 괜히 사람 열 받게 하지 말고."

남자가 쓰러진 여자의 얼굴을 덮은 머리카락을 귀 뒤로 넘겼다. 그때 보았다. 아니, 여자의 촉촉한 검은 눈과 딱 마주쳤다. 나를 본 건 아닐 거라는 생각을 하며 마른침을 삼켰다. 여자의 눈빛을 느낀 걸까? 여자의 눈길을 따라 몸을 숙이고 있던 남자의 고개가 천천히 돌아가며 뒤를 향했다. 도망쳐야 했다. 하지만 그 순간 컴퓨터가 먹통이 된 것처럼 몸이 삐거덕거렸다. 마음은 급한데 도무지 발걸음이 떨어지지 않았다.

"누구야!"

남자의 외침이 출발 신호라도 된 것처럼 그제야 땅을 박차고 뛰기 시작했다. 뒤에서 삐걱거리는 현관문이 거칠게 열리고 쫓아 나오는 여러 발소리가 뒤를 따랐다. 후회가 되었다. 이곳에 오지 말았어야 했다.

산길이 아닌 수풀로 뛰어들었다. 굴러떨어지듯 푹푹 빠지는 길을 정신없이 내려갔다. 뒤쫓는 고함 소리가 토끼를 몰 듯 여기저기서 들려왔다. 누군가가 어느새 따라왔는지 왼팔을 붙잡았다. 깜짝 놀라 비명을 지르며 있는 힘껏 팔을 휘젓고 반대쪽으로 뚫고 나갔다. 무성한 풀숲을 나오자 돌부리에 걸려 넘어졌다. 진흙이 엉덩이에 묻어 축축하게 젖어들었다. 머뭇거릴 사이도 없이 목덜미가 오싹해지는 느낌에 한 바퀴 구르며 그 자리를 벗어났다.

순간 눈에 들어온 것은 서너 명의 검은 무리가 흡사 좀비처럼 두 손을 뻗쳐 나를 잡겠다며 삽시간에 들이치는 모습이었다. 혀를 깨문 아픔을 느낄 사이도 없이 손에 잡히는 대로 돌을 집어 던지고는 산길을 타고 내려갔다. 마음은 급한데 두 다리는 후들거려 금방이라도 넘어질 것 같았다. 그러면서도 마음 한구석에는 묵직한 돌덩어리가 얹힌 듯 갑갑한 느낌에 거친 숨을 몰아쉬었다. 돌아보는 순간 시선을 잡아끈 것은 좀비들이 거인의 발자국을 진흙투성이 신발로 짓뭉개며 쫓아오는 모습이었다.

산으로 이어지는 길에 집들이 듬성듬성 있는 걸 보면 거의 다 내려온 모양이었다. 흔들리는 돌무더기에 삐끗하여 미끄러졌다. 두려움 가득한 눈으로 뒤를 살폈다. 다행히 이곳까지 쫓아오진 않은 것 같았다. 깊이 들이켠 숨에 기침이 터져 나왔다. 온몸이 땀으로 흥건했다. 누군가가 내 정신만 쏙 뽑아내어 가져간 것처럼 머리가 어지럽고 혼란스러웠다.

산에서 뛰어 내려와 한참 앉아서 숨을 골랐는데도 두방망이질 치는 심장은 가라앉을 기미가 없었다. 보았다! 머릿속은 폭풍이 일어난 것처럼 난장판이 된 상태였다. 이제 어떻게 해야 하는 걸까?

일단 놀란 심장을 손바닥으로 누르며 집으로 향했다. 집에 가도 방의 어둠만이 쓸쓸하게 반겨 줄 것이지만. 가족의 얼굴을 못 본 지 얼마나 지났는지 손으로 세기도 힘들었다. 가족을 봐도 그냥 스쳐 지나가 버리는 정도였다. 엄마랑 형은 일찍 나갔다가 밤늦게 왔다. 나 또한 이렇게 돌아다니다 밤이 되어서야 집에 들어가곤 했다. 엄마에겐 친구들과 만나서 놀았다고 말하지만 요샌 다들 학원을 몇 군데나 다녀서 집에 붙어 있는 애들은 없었다. 이런 걸로 엄마를 걱정하게 만들고 싶지는 않았다. 걸을수록 떼어 내는 발걸음이 무거워졌다.

거인의 발자국이 짓밟혔다. 다른 발자국이 또 있을까 모르겠다. 어렵게 찾은 걸 이렇게 허무하게 놓쳐 버리는 건 아닌지 걱정되었다. 옛날에 발자국을 처음 발견했을 때가 떠올랐다.

형과 함께 산을 오르고 있을 때였다. 커다란 나무가 그늘을 드리운 곳에서 구멍을 발견했다. 형은 이런 작은 구멍은 뱀이 겨울잠을 자는 곳이고, 이보다 큰 구멍은 곰 같은 동물이 잠을 자는 곳이라고 했다. 형의 말에 신기해하며 구멍을 들여다보다가 그 옆에서 작은 발자국을 발견했다.

"형, 이거 발자국 같지 않아? 진짜 사람 발바닥 같아."

내 말에 형도 자세히 살펴보다가 고개를 갸웃거렸다. 신발 자국이 아니라 진짜 발바닥 자국이 찍힌 게 이상한 모양이었다. 우리는 그 발자국을 따라 산길이 아닌 수풀로 들어갔다. 능선을 따라 올라가자 사람 한 명이 겨우 다닐 수 있는 좁은 길이 나 있었다. 이곳으로도 사람들의 발길이 이어지는 모양이었다.

"어? 이건 아까보다 더 큰 거지?"

형도 내 말에 동의하며 주변을 둘러보았다. 우리는 그 자리에서 크기가 다른 발자국 몇 개를 더 발견했다. 날이 저물려고 해서 우리는 아쉬움을 뒤로하고 산을 내려와야 했다. 우리는 발자국을 더 찾아보고 기록으로 남기자며 흥분해서 신나게 떠들었다.

그 후로 산을 돌아다니며 발자국을 수집했다. 우리는 돋보기와 줄자를 가방에 챙겨 넣고서 제법 고고학자 티를 냈다. 사진을 찍어 관찰기록장에 붙이고 상세한 설명도 곁들였다. 날짜별로 살펴보면 그 발자국은 조금씩 커졌다. 형과 마지막으로 함께 찾았던 발자국은 50센티미터에 가까울 정도였다.

하지만 그것도 형이 중학교를 졸업할 때까지 만이었다. 형은 고등학생이 되면서 사람이 완전히 변해 버렸다. 그 전에는 놀이터에서 야구공을 주고받거나 자전거를 타거나 축구를 하러 돌아다니기도 했었다. 그런데 고등학교에 들어가면서부터 말 한 마디 나누기 힘들어졌다. 생계를 책임지는 엄마야 원래부터 바쁜 사람이니 상관없었다. 하지만 형은 갑자기 멀어져 버려 많이 서운했다. 형은 도대체 무슨 생각을 하고 있을까?

문을 열고 집으로 들어갔다. 텅 빈 집은 컴컴했고 알 수 없는 한기가 스며들어 있었다. 스산한 기운을 몰아내기 위해 집 전체에 불을 켜 놓고 창문을 열었다. 꼬르륵거리는 배를 부여잡고 냉장고에서 우유와 식빵을 꺼냈다. 만화를 틀어 놓고 소파에 앉아 식빵을 먹었다. 밥을 못 챙겨 먹는 것이 딱히 섭섭하진 않았다. 엄마가 맛있는 반찬을 몇 가지 해 놓고 가도 귀찮아서 밥을 차려 먹지 않을 뿐이었다. 무엇을 먹든 고픈 배를 채우기만 하면 그만이었다.

텔레비전 보는 것도 지겨워져서 컴퓨터를 켜서 자료를 훑어봤다. 거인의 발자국에 대한 조사 보고서였다. 오늘 찾은 건 대충 1미터가 넘는 거였을지도 모르는데, 생각할수록 아까웠다. 그런 돌발 상황만 아니었으면 오늘이야말로 발자국의 종착지를 찾을 수 있었을지도 몰랐다. 나도 모르게 한숨이 나왔다. 돌발 상황……. 다시 생각해 봐도 목덜미에 소름이 자르르 돋는 느낌이었다.

여자, 그래, 여자가 있었다. 그제야 경찰에 신고해야 하지 않았나, 하는 생각이 들었다. 밤 10시가 넘은 시간이었다. 지금 신고하려고 해도 너무 늦어 버렸다. 나 같은 어린애의 말을 믿어 주지 않을지도 몰랐다. 지금쯤 그 사람은 어떻게 됐을까? 그들 손에서 풀려나 집으로 돌아가진 않았을까, 하는 막연한 기대가 떠올랐다. 하지만 그 이면에는 정체를 알 수 없는 어두운 기운이 스멀스멀 피어올랐다. 불투명한 생각일 뿐 확신할 수는 없었다.

창밖에 있는 시린 어둠이 내게 손짓하는 기분이 들었다. 커튼을 쳐 버렸다. 깜깜한 밤이 더 이상 집으로 스며들지 못하도록. 곧 엄마가 올 시간이었다. 컴퓨터를 끄고 침대에 누워 이불을 머리끝까지 둘러썼다. 그 이불 속의 컴컴함에 놀라 둥글게 말린 이불에서 화들짝 빠져나왔다. 순간적으로 여자의 검은 눈이 뒤쫓아 오는 듯한 착각이 들었다. 형광등 불빛이 눈부셨다. 그래도 불은 끄지 않았다. 어느 곳이든 사람이 있는 것처럼 하고 싶었다.

비밀번호 누르는 소리가 나면서 현관문이 열렸다. 신경초가 사람의 손길에 순간적으로 잎을 움츠리듯이 몸을 움찔거리며 눈을 감았다. 집에 돌아온 엄마는 맨 먼저 방문을 열어 내가 잠들었는지 확인했다. 내 이마를 한번 쓰다듬고 이불을 덮어 주었다. 그러다 손가락으로 내 볼을 조심스럽게 살며시 눌렀다. 따가운 느낌에 나도 모르게 눈이 조금 찡그러졌다. 산을 도망쳐 내려오다가 나도 모르게 다친 모양이었다. 엄마가 깊은 한숨을 내쉬었다. 그것은 나를 깨우지 않으려고 바다 깊숙이 내려앉는 듯 나직했다.

엄마가 한동안 그러고 있다가 불을 끄고 나갔다. 나는 언제부턴가 엄마가 들어올 때쯤엔 잠이 오지 않아도 잠든 척하기 일쑤였다. 원래는 형이 나를 돌봐 줬지만 그게 어려워지자 나는 엄마의 품을 찾기 시작했다. 엄마가 일을 마치고 올 때까지 깨어 있으려고 무척이나 애를 썼다. 엄마가 오면 다리에 아기처럼 매달려 졸졸 따라다녔다.

그러다 나는 보고야 말았다. 여느 때처럼 엄마 품에서 잠이 들었다. 잠결에 옆에 아무도 없는 느낌이 들어 잠이 확 깼다. 거실로 나가 보니 엄마는 식탁에서 엎드려 자고 있었다. 그 앞에는 웬 종이들이 무수히 널려 있었다. 엄마는 집에 와서도 할 일이 많은 모양이었다. 그렇게 피곤한 엄마를 붙잡고 늘어졌으니 얼마나 힘들게 했을지 깨닫게 되었다.

그 후부터는 엄마를 기다릴 수 없었다. 그래도 집에 엄마가 함께 있다는 사실은 내 마음을 든든하게 만들어 주었다. 엄마가 들어오고 나서야 뒤척이다가 겨우 잠들 수 있었다. 하지만 요새는 엄마가 집에 들어오는 시간이 자꾸만 늦어지고 있었다. 내가 언제까지 엄마를 기다릴 수 있을지 알 수 없었다.

깜깜한 어둠 속에서 손바닥으로 얼굴을 가렸다. 더 깊은 어둠 속으로 숨어들고만 싶었다. 아무것도 손이 닿지 않을 만한 곳으로. 여자의 검은 눈동자가 머릿속을 지배했다. 벗어나려고 발버둥을 쳤다. 누구냐고 외치는 소리가 귀에서 메아리쳤다. 그곳에서 안전한 곳으로 빠져나왔는데도 다른 곳으로 도망쳐야 할 것 같았다. 밤이 깊어질수록 기억은 더욱 선명해지기만 했다. 아까는 정신이 없어서 몰랐던 것도 시간이 지날수록 뚜렷하게 떠올랐다. 여자 앞에서 몸을 숙이고 있던 남자의 고개가 내가 있던 곳으로 향하던 그 순간도 새롭게 다가왔다.

어느 순간 잠에 빠져들었던 것일까? 가슴을 누르는 묵직한 느낌에 힘겹게 눈을 떴다. 아니, 눈을 뜨려고 노력은 했는데 실제로 떴는지는 알쏭달쏭했다. 눈을 감아도 떠도 여전히 짙은 어둠이 나를 감싸고 있었기 때문이다. 흐릿한 의식 사이로 뭔가가 가슴 위로 서 있는 것이 느껴졌다. 정신을 모으려고 애썼다. 조금씩 사물의 모습이 구분되기 시작했다.

정신을 차려 보니 밖에서부터 보름달의 은은한 달빛이 방 안으로 비쳐 들어오고 있었다. 그 빛을 따라 가슴을 누르고 있는 것이 무엇인지 드러났다. 그것은…… 모르겠다. 거대한 발인 것 같았다. 이게 진짜일까? 깜짝 놀라 급하게 몸을 일으켰다. 그런데 내 의식과는 상관없이 몸은 꿈쩍도 하지 않았다. 손가락 하나도 맘대로 움직일 수 없었다. 이게 어떻게 된 일이지? 침을 꿀꺽 삼키려고 했지만 그것조차 쉽지 않았다. 달빛에 의지해 내 가슴을 밟고 있는 발을 따라 그 위에 무엇이 있는지 확인해 보려고 노력했다.

아무리 발버둥 쳐도 어두워서 잘 보이지 않았다. 달빛이 비추는데도 왜 천장은 빛 한 점 없이 시커멓기만 한 것이지 알 수 없었다. 눈의 초점을 맞춰 보려고 했지만 손에 닿지 않는 어둠만이 짙게 풍겨 나왔다. 뭐가 어떻게 돌아가는 건지 모르겠다. 어쩌면 이것은 내가 그동안 그렇게 찾아 헤매 왔던 거대한 발자국의 주인일지도 몰랐다. 하지만 내가 놀랄 겨를도 없이 거인의 발이 가슴을 더 세게 누르기 시작했다. 숨이 턱턱 막혀 왔다. 입술을 깨물며 몸을 비틀거려 봤지만 단단한 바위에 눌린 것처럼 꿈쩍도 할 수 없었다.

한순간에 숨을 토하듯 눈이 번쩍 떠졌다. 온몸에 땀이 흥건했다. 머리카락이 축축해져 얼굴에 달라붙었고 땀으로 젖은 옷도 어느새 식어 차가운 느낌이 불쾌했다. 조심스럽게 몸을 일으켰다. 머리가 띵했다. 몸에 한기가 느껴지는 것이 감기가 들려는 모양이었다. 힘없이 손으로 이마를 짚으며 날이 밝은 창밖으로 시선을 던졌다. 새날이 밝았는데도 날씨는 우중충했다. 잔뜩 긴 구름 사이로 먹구름이 모여드는 게 오후에는 비라도 쏟아질 것 같았다.

간밤에 잠을 잘못 잤는지 목이 제대로 움직이지 않았다. 뒷목을 잡고 고개를 한 바퀴 돌렸다. 어둠 속에서 고요한 달빛을 받아 빛나던 굵직한 다리가 떠올랐다. 심장을 짓이기는 거인의 발이 느껴져 다시금 숨을 몰아쉬었다. 그러다가 결국 베개에 얼굴을 묻고 말았다. 어둠의 베일에 가려진 거인의 몸통 사이로 얼핏 보았던 무언가가 자꾸 수면 위로 떠오르려 하고 있었다. 하지만 나는 손으로 두 귀를 막고 베개로 더 파고들었다. 생각하고 싶지 않았다. 무슨 일이 벌어질 것 같은 불안한 기운이 슬금슬금 기어왔다.

"일어났네? 엄마 지금 나가 봐야 하는데. 혼자서도 잘 챙겨서 학교 갈 수 있지?"

엄마가 미안함이 가득 담긴 얼굴로 방에 들어왔다. 안쓰러워하는 엄마의 눈빛 사이로 피곤이 덕지덕지 묻어 나왔다.

"형은?"

"아…… 일찍 나간 것 같더라. 요새 얼굴 보기 힘들지? 공부하느라 바쁜 거니까, 보고 싶어도 조금만 참아."

엄마의 눈길은 밖으로 향해 있었다. 밖에서 무슨 일이 벌어지는 건지 소란스러운 소리가 커져 갔다.

"무슨 일이지?"

혼잣말을 하며 엄마가 현관문을 살짝 열었다. 누군가와 대화하는 소리가 메아리 퍼져 나가듯 아득했다.

엄마는 이럴 때면 거짓말을 잘했다. 나와 눈을 마주치지는 못했지만. 형이 집에 안 들어온 지도 벌써 두 달이 되어 가고 있었다. 엄마는 내게 그걸 필사적으로 숨기려고 공부하느라 힘들다는 말을 입에 달고 살았다. 하루에 엄마를 보는 것도 몇 시간 되지 않았지만. 형이 집을 나가서 뭘 하는지는 알 수 없었다. 어디서 자는지, 학교는 잘 다니는지, 엄마는 거기에 대해 입을 열지 않았다. 가끔 형에게 전화를 걸어 보면 대체로 휴대폰은 꺼져 있었다. 가끔 연결이 될 때도 전화를 받지 않았다. 못 받는 걸까, 아님 안 받는 걸까?

형이 집을 나가기 전 마지막 모습은 평소와 다름없었다. 단지 형의 눈이 시뻘겋게 보였던 것을 제외하면 말이다. 형은 고등학교에 들어가고 나서는 나를 마주 보려 하지 않았다. 그렇게 학교에 간다고 나선 후 형의 흔적을 집에서는 더 이상 발견할 수 없었다.

그 전날 형이 이상하기는 했다. 무슨 일에 화가 난 듯 밤늦게 집에 들어와서는 자기 방의 물건을 벽에 던져 부숴 버렸으니 말이다. 퉁탕거리는 소리에 놀라 형의 방문을 열었을 때는 난장판이 되고 난 후였다.

"무슨 일이야?"

목소리가 떨리면서 나도 모르게 뒤로 두 발짝 물러나고 말았다. 나를 돌아본 형의 눈빛이 어둠에 가려 잘 보이지 않았다. 달도 뜨지 않은 밤, 불도 켜지 않은 방이 시커먼 입을 벌리고 있었다.

"아유, 큰일이네. 세상이 이렇게 어수선하다니……."

혼잣말을 중얼거리던 엄마가 방에서 나온 나를 보고는 흠칫 놀랐다. 고개를 이리저리 돌리며 헛기침을 하던 엄마는 나갈 준비를 서두르며 가볍게 말을 건넸다.

"엄마 이러다 늦겠다. 근데 요새 옆집 누나 본 적 있니? 옆집에 네 형이랑 동갑인 누나 있었잖아. 기억나?"

숨이 턱 막혔다. 심장이 덜컥 내려앉는 아득함이 온몸을 감쌌다. 발뒤꿈치에서부터 머리로 전기가 지르르 올라와 온몸이 따끔거렸다. 눈을 동그랗게 뜬 내 모습에 엄마는 입에 한숨을 가득 베어 물었다.

"웬일이라니, 이게. 어제 집에 안 들어왔대. 요즘 나쁜 일들이 많이 일어나니까, 괜히 나까지 걱정되네. 너도 그 누나 보면 알려 줘야 해. 알았지?"

엄마가 나를 꼭 안아 주고서는 현관문을 열고 나갔다. 세차게 쾅 닫히는 문소리에 모든 것이 어둠에 지워지듯 암담해졌다. 그랬다. 너무 깊어 검게 보이는 그 눈동자가 왠지 낯설지 않았다. 몇 번 만난 적이 있던 옆집 누나였다. 어제 나를 알아봤을까? 지금 생각해 보니 누나는 내게 간절한 눈빛을 힘겹게 보내고 있었다. 누구든 데려오라고, 살려 달라고. 한순간 여자의 날카로운 비명 소리가 귀청을 아프게 찔렀다.

학교에 오면서 정신을 집에다 빠트리고 왔다. 자리에 앉아서야 책가방을 집에 두고 온 걸 깨달았다. 교과서야 학교에 두고 다니는 터라 큰 문제가 되지는 않았다. 하지만 내게 무슨 일이 생겼다고 말하는 것 같아 마음이 무거워졌다. 어제 있었던 일이 진짜라는, 도망칠 수 없는 현실이 눈앞에 닥쳐오는 기분이었다. 아무래도 다시 집에 가서 가방을 챙겨 와야 할 것 같았다. 자리에서 일어나려는 순간 담임이 들어왔다. 의자에 무너지듯 서서히 앉았다.

평소에는 느리게 가던 수업 시간이 누군가가 팽이를 친 것처럼 순식간에 지나갔다. 교실을 나가지 못하고 챙길 가방도 없는데 서랍을 자꾸 살피며 미적거리기만 했다. 막상 집에 가려니

어제 일을 사람들이 알게 되면 무슨 말을 해야 할지 두려움이
앞섰다.

복도에서 서성거리며 이런저런 핑계를 만들어 내기 위해 머
리를 굴릴 때였다.

"어제 굉장한 걸 발견했다며?"

뜨끔한 마음에 말을 건네는 목소리의 주인을 돌아봤다. 어제
있었던 일을 알고 있는 걸까? 아닐 거라고 생각하면서도 뒤로
주춤 물러서고 말았다.

"네가 전화했었잖아. 오늘 발자국 보여 준다며?"

그랬나? 어제 집에 와서 뭘 했는지 기억 속을 더듬어 보았다.
정신없이 전화를 건 것 같기는 했는데, 그게 이 녀석이었나 보
다. 갑자기 머리가 지끈거리는 통에 이마를 짚었다.

이 녀석은 학기 초에 우연히 산에서 만난 게 전부였다. 거인
의 발자국을 따라 산속을 헤매고 다닐 때였다. 이 녀석은 친구
들과 폐가에서 담력을 시험하러 온 모양이었다. 더 정확히 말하
자면 반에서 좀 약한 애를 괴롭히러 온 것일 뿐이었다. 반에서
꼭 서열을 정하지 못해 안달 난 바보 그룹은 있게 마련이었다.
그날, 왜 저런 녀석에게 발자국 얘기를 해 버린 것인지 지금도
이해할 수 없었다.

유독 그날따라 신나 있었던 것은 지금도 기억이 났다. 전날 꿈이라도 잘 꿨는지 발자국을 열 개나 발견했고, 그 크기도 전과는 비교할 수조차 없었다. 폴짝 뛰면서 만세라도 부르고 싶은 기쁨이 온몸을 감쌌다. 그래서 마음의 경계가 느슨해져 버린 모양이었다. 산에서 우연히 만난 이 녀석에게 이것저것 떠벌리면서 발자국을 보여 주고 말았다. 다른 친구들이 시시해서 산을 혼자 내려가는 중이었다는 녀석은 믿기 힘들 수도 있는 내 얘기에 진지하게 고개를 끄덕이며 호응해 주었다. 그 반응에 폭발하듯이 이성을 잃고, 있는 말 없는 말 모두를 내뱉어 버렸다. 입이 아픈데도 신나서 자제할 수 없었다. 돌아오는 길에야 머리를 쥐어뜯으며 후회했다.

"그랬는데……. 조금 더 조사해 봐야 할 것 같아. 확실해지면 그때 보여 줄게."

녀석이 무슨 말이라도 할까 봐 붙잡기 전에 서둘러 자리를 벗어났다. 산에서 만난 이후로 친한 척 다가오는 그 녀석이 조금은 불편했다. 등 뒤로 녀석의 말이 울려 퍼졌다.

"너, 무슨 일인지는 모르겠는데, 정신 차려. 집에 걱정 끼치면 안 된다며?"

녀석의 말에 잠깐 멈춰 섰지만 돌아보지 않고 가던 걸음을 재촉했다. 무슨 뜻이냐고 물어볼 수는 없었다. 나를 안다는 듯한 그 말투가 상당히 신경에 거슬렸지만 말이다. 잘난 척 폼 잡는 재수 없는 자식이라고 속으로 욕을 퍼부었다.

"네 형 뭐하고 다니는 줄 알아?"

이번에는 돌아서지 않을 수 없었다. 내가 녀석에게 형 얘기를 한 적이 있었던가?

"전에 아파트에서 몇 번 본 적이 있어."

그렇다. 형과 함께 돌아다녔을 때 아파트에서 몇 번 마주친 적이 있는 모양이었다.

"……무슨 말이야?"

"며칠 전부터 얘기하려고 했어. 전에 뒷산 가는 길 근처에서 네 형을 만났어. 친구들끼리 모여 있더라. 믿지 못하겠지만…… 우리들 맞았어. 돈도 뺏기고. 네 형이란 거 다른 애들한테는 말 안 했어. 근데 거기서 자주 삥을 뜯나 보더라. 엄청 유명해."

소리칠 수 없었다. 하지만 부들부들 떨리는 감정을 주체하지 못하고 녀석을 후려쳤다. 더는 듣고 싶지 않았다. 우리 형이 나쁘다니. 나는 정신없이 그 자리를 벗어나 밖으로 도망치고 말았다.

학교를 나와 달려간 곳은 거인의 발자국이 있는 뒷산이었다.

오늘은 사진도 찍고 길이도 재어서 조사 보고서에 올릴 수 있을 것이다. 언젠가 형에게도 보여 줄 기회가 있을 거라 믿었다. 그때면 형이 잘했다고 머리를 쓰다듬어 줄지도 몰랐다. 그런데 아차하며 뒤통수를 치는 생각이 있었다. 필요한 도구들이 책가방에 들어 있었던 것이다. 어쩔 수 없이 발자국이나 더 찾아보기로 했다.

일단 어제 발견한 발자국의 흔적을 찾았다. 예상했던 대로 훼손된 상태였다. 어제 좀비 무리에게 밟혀 버린 게 꽤 타격이 컸던 것이다. 순간 마음속에서 울컥 뭔가가 솟아올랐다. 폐가로 달려 올라가 떨어질 듯 겨우 매달려 있는 현관문을 열어젖혔다.

그때서야 어제 봤던 장면이 선명하게 떠오르기 시작했다. 옷이 갈기갈기 찢어져 쓰러진 여자, 그 앞에 선 한 남자. 남자의 얼굴이 등 뒤로 향했다. 그 남자를 떠올린 순간, 다리에 힘이 빠져 시멘트 바닥에 무너지듯 주저앉고 말았다. 작은 돌멩이가 있었는지 무릎으로 사납게 파고드는 아픔에 눈썹이 찡그러졌다. 그래도 눈을 감을 수 없었다. 내 눈길을 사로잡은 남자의 얼굴이 정면으로 커다랗게 다가드는 것 같았다.

어젯밤 잠을 자면서도 보았던 얼굴이었다. 가슴을 누르는 큼지막한 발바닥 위로, 어둠에 가려 선명하지는 않았지만 흐릿하게 보였다. 흐려도 누군지는 분간할 수 있었다. 내 마음속에 깊이 각인된 얼굴이었으니까. 누구야? 하고 소리치는 입이 다물어지면서 남자는 천천히 일어섰다. 그것은 곧 희미해져서 사라졌다.

정신을 차려 보니 밖은 어둑어둑해지고 있었다. 산이라서 그런지 순식간에 어둠이 덮쳐드는 것 같았다. 폐가는 아무것도 없이 텅 빈 채였다. 여자도, 검은 무리도. 여자가 없는 것이 그나마 다행이었다. 무거운 짐을 내려놓은 듯 집을 빠져나왔다. 하지만 현관문을 마저 닫지 못하고 멈춰 서고 말았다. 눈앞에 어제 본 좀비 무리가 험악한 얼굴을 들이대고 있었다. 튀어나오려는 비명을 겨우겨우 삼켰다.

"뭐냐? 여긴 우리 구역이니까, 발 들이지 말랬지? 죽어 볼래?"

도망치려고 했지만 순식간에 목덜미를 잡히고 말았다. 이제 죽었구나, 싶은 마음에 있는 돈을 몽땅 털어 내 한 번만 봐 달라고 빌 생각이었다. 그때 누군가가 내 턱을 잡아 고개를 들어 올렸다. 그곳에는 그렇게 고대하며 기다렸던 형이 굳은 얼굴을 하고 있었다. 형의 얼굴 위로 누구냐고 외치던 표정이 차갑게 겹쳐져 어둠 속에 잠긴 거인의 얼굴을 슬프게 불러내었다.

"따라와."

한마디 던지고 가 버리는 형의 뒤를 어깨를 축 늘어뜨리고 따라갔다. 못 쓰는 목재를 쌓아 둔 곳으로 간 형은 자리에 앉으면서 담배를 피워 물려다가 나를 한번 보고는 그만두었다.

"……여자는 어떻게 됐어?"

묻고 말았다. 이 말 한마디로 형과 나 사이엔 건너지 못할 강이 생기게 된 것이다.

"하, 이거 설마 했는데. 진짜였어? 어제 너였지?"

"옆집 누나 어떻게 됐냐고!"

형의 말을 잘라 버리고 소리쳤다. 더 이상 참을 수 없었다. 지금까지 눌러 왔던 여러 감정들이 갈 곳을 몰라 헤매다가 한번에 폭발하는 느낌이었다.

"집에 갔지……. 넌 아직도 산에 다니는 거야? 그게 뭐라고……. 위험하니까, 이젠 이런 곳에 괜히 돌아다니지 마. 알았어?"

"누나를 어떻게 한 거야? 둘이 친했잖아. 무슨 짓을 한 거냐고!"

주먹 쥔 손이 부들부들 떨렸다. 형은 의외라는 눈빛을 보내며 내 머리를 쓰다듬으려 했다. 신경질적으로 그 손을 쳐냈다.

형의 손이 닿으면 한없이 약해져 버릴 것 같았다.

"꽤 컸구나……. 걔랑은 정리할 게 좀 있었던 것뿐이야. 이제 손댈 일 없으니까. 걱정하지 마."

"형! 도대체 왜 그래? 이런 패거리랑 나쁜 짓만 하고 돌아다니고. 그게 사람으로서 할 짓이야? 요샌 삥도 뜯는다면서? 학교는 제대로 다니고 있는 거야?"

내가 더 소리를 치려는데, 형이 자리에서 일어나 버렸다. 나와 얼굴도 마주치지 않으려는 건지 형은 깜깜해지는 먼 하늘만 눈에 담았다. 폐가에서는 불을 켰는지 어슴푸레한 빛이 새어 나왔다.

"……이제 집에 가. 더 어두워지기 전에."

벌떡 일어나서 형의 소맷부리를 잡았다. 여기서 놓치면 형을 다시 볼 수 없을 것 같은 불안이 덮쳐 왔다.

"왜 집에 안 들어오는 건데? 엄마랑 무슨 일 있었어?"

"너…… 뭘 아는 거야?"

형이 갑자기 내 어깨를 잡고 흔들었다. 형의 눈동자도 불안하게 흔들려 내 마음까지 요동치는 느낌이었다. 그냥 해 본 말이었다. 형의 반응을 보면 이젠 확신이 들었지만 더 물어보기에는 왠지 겁이 났다. 갈 곳 잃은 눈동자를 돌리며 서로 마주 보다가 결국 지친 음색으로 입을 열고 말았다.

"엄마는 우리 때문에 고생하고 있는 것뿐이야."

"……알아. 그래도 용서가 안 되는 것도 있어. 노래방에서 남자들한테 둘러싸여 노래를 부르다니……. 쳇, 이제 내가 돈 벌면서 살면 돼. 너네 엄마도 대충은 알고 있으니까, 넌 그냥 아무 말 없이 집에 가서 가만히 있으면 되는 거야."

"너네 엄마가 아니라 우리 엄마야. 노래방에서 노래 부르는 게 뭐가 큰일이라고 용서가 되고 말고야? 형은 항상 제멋대로야. 그럴 거면서 왜 발자국 같은 걸 함께 찾아 준 거야? 지금까지 그걸 찾아 돌아다닌 난 뭐가 되는데?"

"휴, 집에 가라."

형은 내 손을 뿌리치고 폐가로 걸어갔다. 눈앞이 흐려졌다. 이렇게 헤어지면 영영 끝일 것만 같았다. 그러다 순간적인 충동으로 형을 향해 온 힘을 다해 돌진했다. 형의 등을 들이받자 내 머리가 띵하게 울리고 별이 보이는 것 같았다. 형도 무방비한 상태에 당한 일이라 땅에 손을 짚으며 앞으로 꼬꾸라졌다.

"뭐 하는 짓이야?"

"잘난 척하지 마. 아빠가 그랬어. 부끄러운 사람은 되지 말라고. 근데 난 지금 형이 부끄러워 죽겠다고. 정신 차려, 이 꼴통아!"

형은 어이가 없는지 멍한 얼굴로 입을 벌린 채 가만히 있었다. 그러다 얼굴에 엷은 미소를 띠우고 손에 묻은 흙을 탈탈 털며 자리에서 일어났다.

"부끄러우면 안 보면 돼. 집에 가!"

형의 얼굴에 있던 미소가 어느새 싹 사라졌다. 형은 딱딱하게 굳은 얼굴로 한 마디씩 또박또박 천천히 씹어 뱉었다. 그러고는 아무 미련도 없다는 듯이 찬바람을 쌩하게 일으키며 폐가로 향했다. 무엇이든 거부하겠다는 듯한 형의 뒷모습에 눈이 시려 왔다. 그대로 주저앉고 싶었다. 내 절망스러운 마음에도 형은 뒤돌아보지 않고 폐가 안으로 들어가 버렸다.

한참 동안 서 있어 봤지만 아무 소용도 없었다. 이제 다 끝난 걸지도 몰랐다. 이렇게 서로가 서로에게서 멀어지는 모양이었다. 터덜터덜 산길을 내려갔다. 날이 어두워지고 그렁그렁한 눈물 때문에 길이 거의 보이지 않았지만 그런 것에 신경 쓸 여력이 없었다.

그러다 무언가에 걸려 넘어지고 말았다. 주위 땅바닥을 더듬거리며 일어서려고 했다. 뭔가 구덩이 같은 느낌이라 고개를 갸웃거리며 조금 더 둘러보았다. 그나마 조금 남아 있는 빛에 의지해 주변을 살펴보니, 구덩이는 아마도 좀비들에 의해 짓밟히고 말았던 거인의 발자국인 듯했다. 오늘 하루 동안 빗물이 마르면서 진흙이 굳어, 구덩이 형태로라도 발자국의 틀을 유지하고 있는 모양이었다. 낮에는 보이지 않던 것이었는데 어둠 속에서야 겨우 느낄 수 있었던 것이다. 짓밟혀도, 형태가 거의 사라졌어도, 커다란 틀은 바뀌지 않은 모양이었다.

눈물은 어느새 말라 버렸다. 어둠 속에서 산길을 더듬더듬 내려가면서 겁나고 떨리던 마음이 조금씩 녹아내리고 있었다. 어깨에 풍선을 단 것처럼 몸 전체가 공중으로 붕 뜨는 느낌이었다. 기대가 되었다. 내일 이곳에 올라와 짓밟힌 거인의 발자국을 볼 것이. 줄자와 사진기를 준비하고 이번에는 손으로 만져지는 느낌도 보고서에 적어 넣자는 생각이 떠올라 신이 났다. 올라온 김에 아직 좀비들에 완전히 감염되지 않은 형을 빼내 오는 것도 좋겠다 싶었다. 피식거리는 웃음이 자꾸만 새어 나왔다.

울지 않을 용기

나무토막은 의외로 손쉽게 뽑혀 나왔다.
흙을 털어 내고 보니
그것은 나무를 깎아 만든 인형이었다.

★ ★ ★

그 애다. 손에는 책 한 권을 들고 여유를 부리며 맞은편에서 걸어오고 있었다. 창밖에서 들어온 늦은 오후의 햇살이 텅 빈 복도를 채웠다. 그의 존재감만으로 복도가 꽉 찬 느낌이 들었다.

그 애를 처음 본 건 한 달 전 어느 아침이었다. 주번이라 교무실로 출석부를 가지러 가는 길이었다. 원래는 아침 일찍 와서 해야 할 일이었는데, 아무도 주번이라고 말해 주지 않았던 것이다. 아침 조회를 하는 선생님께 혼이 나고서야 뒤늦게 교무실로 향했다. 뒤에서 누군가의 웃음소리가 작게 들렸지만 돌아보지 않았다. 고작 이런 걸로 나를 흔들 수 있을 거라고 생각하다니, 우스운 일이었다.

1층 현관을 지나가는데 뭔가 움직이는 게 있었다. 다들 조회를 하고 있을 시간에 누구인가 싶었다. 그 자리에 멈춰서 보니 한 남자애가 신발을 벗고 현관으로 들어서고 있었다. 그런데 교복 소매와 바지 밑단에 이상하게 흙이 묻어 있었다. 비가 와서 물웅덩이라도 밟고 온 것처럼 보였다. 하지만 창밖으로 보이는 풍경 어디에서도 비나 물의 흔적을 찾을 수 없었다. 그 애가 어디를 돌아다니다 온 건지 알 수 없었지만 행동에서 뭔지 모르게 산들거리는 바람이 느껴졌다. 손 하나 팔 하나를 움직이는데도 마치 느린 음악에 따라 춤을 추는 것 같았다.

딩동, 종소리가 울렸다. 그 애를 멍하게 바라보던 나는 그제야 정신을 차렸다. 나는 마음이 급해졌지만 그 애는 여전히 느린 동작으로 서서히 내 시야에서 사라졌다.

점심시간에 도서실을 찾았다. 여전히 도서실 담당 선생님은 어디를 갔는지 보이지 않았다. 점심시간에 자리에 없을 때가 더 많은 선생님은 수업 예비종이 칠 때쯤 들어오곤 했다. 도서실에는 텅 빈 공간만의 썰렁한 기운이 훅 끼쳤다. 하지만 익숙한 냄새와 분위기에 마음이 고요히 가라앉았다. 깊은 바닷속에 있는 것처럼.

창가에 놓인 책상으로 다가갔다. 내가 가장 좋아하는 자리였다. 이 시간이면 책상 끝에만 강한 햇빛이 비쳐들 뿐이고 안쪽은 그늘이 지면서도 밝아서 책을 읽기에 좋았다. 게다가 늦은 오후에는 고운 색깔의 저녁놀까지 감상할 수 있는 낭만적인 최고의 공간이었다.

의자에 앉아 주머니에 넣어 둔 막대 사탕을 꺼내 입에 넣었다. 입안에서 사탕을 우물거리며 도서실에 온 이유를 책상에 올려놓았다. 천 주머니 안에서 작은 목각 인형들이 나왔다. 손가락 세 개 굵기 정도의 나무토막에 다양한 얼굴 표정이 조각되어 있었다. 빙그레 미소 짓거나 활짝 웃거나 찡그리거나 울상을 짓거나 울거나 화를 내는 등 사람의 온갖 표정을 담아내고 있었다. 그 다양한 얼굴 표정을 보며 내 마음도 그 인형들의 희로애락을 닮아 가는 것 같았다. 그 작은 나무에 이렇게 다양한 인간 표정을 세밀하게 조각해 낼 수 있다는 것이 신기했다.

이 목각 인형은 한 달 전에 엄마와 함께 마을 뒷산을 올라가다가 우연히 발견한 보물이었다. 그때 나는 다리가 아파서 산중턱 바위에 앉아 거친 숨을 몰아쉬고 있었다. 더 이상 못 올라가겠다는 생각을 하며 힘이 빠진 상태로 땅바닥을 보다 흙에 꽂혀 있는 나무토막을 발견한 것이다. 산에서 나무토막을 보는 것은 이상한 일이 아니었지만 나무토막 끝부분에 지금의 내 얼굴처럼 아파서 찡그린 표정이 보이는 것 같아 그것을 손으로 잡아 뽑았다. 나무뿌리가 땅 위로 솟아 나온 거라 생각했는데 나무토막은 의외로 손쉽게 뽑혀 나왔다. 흙을 털어 내고 보니 그것은 나무를 깎아 만든 인형이었다.

그 하나가 전부인 줄 알았는데 그게 아니었다. 올라가는 길 여기저기에 꽂혀 있는 목각 인형들을 발견할 수 있었다. 심마니가 산삼이라도 발견한 것처럼 그것을 찾을 때마다 나도 모르게 기쁨의 탄성이 터져 나왔다. 그 후로 주말마다 목각 인형을 찾아서 산을 헤매고 다녔다. 목각 인형을 찾을 때마다 엄마가 옆에 함께 있는 것 같았다. 한 달 전에 함께 산을 오른 이후로 엄마는 일 때문에 함께하지 못했다.

엄마는 항상 새벽부터 일을 나가야 했다. 어느 누구보다도 먼저 출근해서 건물을 깨끗이 청소해 내는 게 엄마의 일이었다. 엄마가 왜 갑자기 이곳으로 왔을까 의아스러울 때가 있었다. 그 전에도 영화관 청소 일이었지만 그래도 우리끼리는 먹고살만 했는데 말이다. 단지 아빠가 또 사고를 쳤나 싶었다.

전에는 엄마가 왜 아빠랑 이혼하지 않는지 궁금했다. 내게는 아빠란 존재가 별 의미도 없었다. 하지만 아빠랑 이혼해도 바뀌는 건 없다는 걸 알게 되었다. 여전히 아빠의 빚은 늘어났고 빚쟁이들은 엄마를 찾아와 위협했다. 어디로 도망쳐도 끝까지 뒤쫓아 올 사람들이었다. 이곳에서도 얼마나 숨어 지낼지 알 수 없었다.

목각 인형을 보며 흐뭇한 웃음을 지으며 좋아하고 있는데 갑자기 문이 쾅 열렸다. 순간 숨이 막혔다. 숨 쉬는 걸 잊어버린 듯 가슴이 쿵 내려앉았다. 그 애였다. 여긴 왜 온 거지? 눈이 마주쳤다. 그 애도 누가 있는 게 의외인 눈치였지만 곧 책장 사이로 사라졌다. 목각 인형으로 눈길을 돌렸지만 여전히 그의 기척에 온 신경이 쏠렸다.

아무리 귀를 쫑긋거려 봐도 들리는 건 없었다. 행동이 조용한 아이였다. 평소에도 가끔 복도에서 마주칠 때면 미끄러지듯 내 곁을 스쳐 지나가곤 했다. 겉으론 무심함을 가장했지만 속으로는 그가 의식되었다. 발소리도 잘 들리지 않아 다 지나갔나 싶어 나를 돌아보게 만들었다. 어쩌면 저렇게 아무 기척도 없이 움직일 수 있는지 모르겠다. 또래의 남자애들과는 확연한 차이가 있었다.

이리저리 고개를 움직이며 혹시나 책장 사이로 보일 그 애의 모습을 찾았다. 그런데 갑자기 옆에서 그 애가 튀어나와 깜짝 놀랐다. 창가 쪽에 있는 책장 뒤에서 나오던 그도 내 모습에 발길을 멈췄다. 내가 그 애의 모습을 찾는 걸 들킨 것 같아 순간 당황하며 책상에 놓인 목각 인형들로 황급히 고개를 돌렸다. 목각 인형을 보는 척했지만 모든 신경은 그에게로 모아졌다. 내 가슴이 뛰는 게 온몸에서 느껴졌다. 눈을 찔끔 감았다.

"이거 어디서 났어?"

소리가 나는 쪽을 바라보니 그가 책상 쪽으로 몸을 숙여 목각 인형을 들여다보고 있었다. 앗! 깜짝 놀라며 목각 인형들을 모아 담으려는데, 그가 내 품에 안긴 인형들을 가리켰다.

"이거 네가 만든 거야?"

갑작스러운 관심이 당황스러웠지만 그가 진지하게 느껴져 솔직하게 답해 주었다.

"우리 집 뒤에 있는 죽림산에서 찾은 거야."

조그마한 목소리로 중얼거렸다.

"아…… 거기?"

왜 그러지? 그는 몇 번 고개를 끄덕이면서 목각 인형을 주시했다. 왜 그러느냐고 물어보려는데 그가 먼저 입을 열었다.

"그거 이리 내놔."

"뭐?"

그의 말이 믿기지 않아 다시 물었다. 갑자기 막무가내인 태도가 이해되지 않았다. 하지만 그의 서늘한 눈빛에 움찔하며 뒤로 물러서고 말았다.

"그거 내 거니까, 이리 내놓으라고!"

그의 목소리가 높아졌다. 어떻게 이게 자기 것이라고 하는지 어이가 없었다. 물어보려고 입술을 달싹거렸지만 소리로 나오진 않았다. 때마침 도서실 문이 열리는 소리가 들렸다.

"어? 오랜만에 왔네?"

환한 웃음을 지으며 들어선 사람은 도서실 담당 선생님이었다. 그는 갑자기 얼굴 표정을 싹 바꾸더니 선생님에게 다가가 예의 바르게 인사했다. 그리고 몇 마디를 주고받더니 밖으로 나가 버렸다. 그렇게 사라지는 그의 뒷모습을 멍하니 바라보았다. 선생님이 와 줘서 다행이었다. 그대로 있었다면 그 애에게 강제로 목각 인형들을 빼앗겼을 것 같아 가슴이 두근거렸다.

"이번에도 산에서 주운 거야? 이건 추워서 벌벌 떠는 얼굴 같네."

선생님의 질문에 고개를 살짝 끄덕였다.

"근데 진짜 이상해요. 이걸 누가 깎아서 산에 둔 걸까요?"

나는 갑자기 생각났다는 듯이 그 애에 대해 넌지시 물어보

왔다.

"아 참! 방금 나간 애는 누구예요?"

"마루? 너 쟤 몰라? 학교에서 유명할 텐데."

"유명해요?"

"아, 넌 작년에 전학 와서 모를 수도 있겠구나. 재작년에 히말라야에서 동료를 살리고 실종되었다는 영웅 알지? 세계 8대 봉우리를 등정했다는 사람 말야."

"들은 적이 있긴 해요."

잘 생각나지는 않았지만 일단 선생님 말씀에 고개를 끄덕이며 동의했다. 그 뒷말을 듣는 게 우선이었다.

"그래. 걔가 그분 아들이잖아."

"진짜요? 결국 그분은 못 찾았죠?"

"맞아. 여기 사람들은 다들 그분을 좋아하고 존경했어. 한두 번 이상은 산을 함께 다녔던 사이였거든. 그래서 그분의 죽음을 애석해하면서 걔한테 관심을 갖고 더 잘해 주려고 하는 거야."

선생님의 말씀을 듣다 보니 그제야 그의 모습이 이해되었다. 항상 혼자 다니면서도 남다른 분위기가 느껴졌던 건 그 애의 뒤에 태산처럼 버티고 선 아버지가 있었기 때문이 아닐까 싶었다.

학교가 끝나고 집으로 돌아가는 길이었다.

"그 인형들, 내게 돌려줬으면 좋겠어."

버스 정류장 근처에서 그 애가 기다리고 있었다. 나는 가방 끈을 힘주어 잡으며 외쳤다.

"내가 왜 그래야 하는데?"

그는 뭔가 답답한 듯 자신의 머리를 거칠게 휘저었다.

"얘기가 좀 길어질 것 같은데, 우리 장소 좀 옮길래?"

근처 카페로 향했다. 우리 둘은 어색해하며 음료수를 받아 구석 자리에 앉았다.

"나한테 맡겨 놓은 적 없잖아. 이걸 산에서 찾은 사람은 바로 나라고."

내가 꿈도 꾸지 말라고 단호하게 얘기해도 그는 한참을 아무 말도 하지 않았다. 그러다 살며시 테이블 위에 인형 하나를 올려놓았다. 화려하고 아름다운 색으로 치장된 목각 인형이었다. 얼굴은 무슨 장난을 쳤는지 개구쟁이 같은 미소를 활짝 보여 주고 있었다. 겉에 칠해진 색깔만 아니라면 내가 가지고 있는 목각 인형과 똑같았다. 얼굴 표정은 다르겠지만.

"이게 뭐야?"

"네가 가지고 있는 거랑 똑같지?"

나도 같은 생각을 하긴 했지만 인정하고 싶지는 않아서 입을 꾹 다물었다.

"이건 우리 아빠가 어렸을 때 내게 준 선물이야. 해외로 여러 산을 돌아다니면서 지낼 때 나랑 함께 있어 주지 못해서 미안하다며 직접 깎아 주신 거야."

"뭐? 말도 안 돼. 그럼 그게 왜 산에 버려져 있는데?"

"아빠는 언젠가 그 산을 나와 함께 올라갈 거라며 보물찾기 하듯 산 곳곳에 숨겨 놓으셨던 거야, 살아 계셨을 때……."

그의 말이 맞다면, 아니 앞에 놓인 채색된 목각 인형을 보면 틀림없이 그의 말이 맞을 것이다. 하지만 그렇다고 인형들을 덥석 줄 수는 없었다. 이제는 내게도 소중한 물건이 되었기 때문이다.

"그렇게 말해도 내가 먼저 주운 거니까, 너한테 돌려줄 마음은 없어."

그는 나를 말없이 노려보았다. 아무리 험악한 눈빛을 하더라도 물러서지 않을 작정이었다.

"그럼 이만 가 볼게."

"잠깐!"

그가 내 팔을 다급하게 잡았다.

"그럼 그 인형들을 어디서 주웠는지 산길이라도 알려 줘."

"그 길에 있던 건 내가 다니면서 대부분 찾아서 네가 다시 가
봤자 아무것도 없을 거야."

"갖고 싶긴 하지만 어쩔 수 없지. 어디서 찾았는지 장소라도
알고 싶어."

그는 말을 마치고 가 버렸다.

나는 인형들을 주머니에서 꺼내 보았다. 목각 인형들이 내 것
이 아니라고 외치는 것 같았다. 말하지 않아도 무슨 뜻인지 알
수 있는 눈빛으로 나를 쳐다보고 있었다.

이곳으로 이사 오고 얼마 후에 엄마가 일하는 마트로 저녁
을 먹으러 갔다. 마트에서 화장실을 돌며 청소하는 엄마는 내
가 오기 전에 미리 옷을 갈아입고 나를 기다렸다. 마트 푸드코
트에는 맛있는 것도 없는데, 엄마는 그곳에서 밥 먹는 가족의
모습이 부러워 보였나 보다. 그럴 필요가 없는데도 엄마는 자
신이 할 수 있는 가장 큰일이라도 되는 것처럼 월급을 받을 때
면 나를 마트로 불렀다. 건물 위층 영화관에서 영화를 보여 주
고 식당에서 밥을 사 주고 마트에서는 필요한 물건들을 잔뜩
사 주곤 했다.

그날도 마뜩치 않은 발걸음을 옮겼다. 푸드코트에서 엄마와

치즈돈가스를 시켜 먹고 있었다. 엄마는 앞에 앉아서 내 눈치를 살피느라 여념이 없었다. 그렇게 눈치를 보는 엄마가 싫어서 자꾸만 눈썹이 찡그러졌다. 그러다 낯익은 얼굴이 눈에 띄었다. 전학 간 날 내 옆자리에 앉아 있던 여자애였다. 나를 쳐다보다 옆에 있는 친구와 귓속말을 하며 키득거렸다. 다른 건 아무것도 없었다. 그들의 대화를 들은 것도 아니고 입모양만 보고서 어떤 말을 했는지 추측해 낸 것도 아니었다. 그런데도 그때만은 그들이 무슨 말을 했을지 대충 알 수 있었다. 우리 엄마가 여기서 일하는 걸 알고 있구나, 그리고 나를 비웃고 있구나……. 기분이 나쁘다기보다는 초능력이 있는 것도 아닌데, 그걸 읽어 낸 자신이 신기하게 느껴졌다. 그 순간의 장면이, 그 애의 번쩍거리는 눈빛이, 날이 갈수록 선명하게 마음속에 새겨졌다. 그 기억 속으로 내가 잠겨 들어가는 것만 같았다.

토요일에 그 애와 죽림산 입구에서 만났다. 동네 뒷산을 오르는데 전문 산악인 같은 복장을 하고 나타난 그 애에게 다가가기 싫어서 멀리서 한참을 서성거렸다. 등산용 스틱을 잡고 서 있는 그 애는 너무나 위풍당당했다. 한 치의 흔들림도 없는 그 앞으로 쭈뼛거리며 나갔다.

목각 인형을 어디서 찾았는지 기억을 더듬으며 함께 산을 올랐다. 어젯밤 잠들기 전에도 엄마랑 산을 올랐을 때와 그 이후에 목각 인형을 발견했을 때를 하나하나 떠올려 보았다. 오늘 산을 오르며 그곳을 찾아보니 지금까지는 미처 몰랐던 사실 하나를 알게 되었다. 바로 목각 인형을 숨겨 둔 사람의 마음을.

내가 목각 인형을 주운 곳을 알려 줄 때마다 그는 그 장소를 세심하게 둘러보며 눈에 깊이 새겼다. 특히, 자신이 만든 지도에 동그라미를 치며 곳곳을 표시했다. 멀리 보이는 풍경과 시원하게 불어오는 바람, 특이하게 자란 나무, 커다란 바위가 있는 곳 등에 목각 인형은 놓여 있었다. 바로 그걸 찾을 사람에게 어떤 메시지를 남겨 둔 것처럼. 여기서는 바깥의 풍경을 보렴, 이곳은 시원하지? 이 나무 웃기지 않아? 여기 커다란 바위에 누워서 하늘을 보면 좋을 것 같아……. 내게도 어떤 사람의 선한 미소에 둘러싸인 이야기 소리가 들리는 것 같았다. 목각 인형은 그 애에게 아빠가 이 세상에 마지막으로 남긴 사랑의 메시지였다.

산 중턱을 지날 때였다. 그곳에서 전에 보지 못한 솟대를 발견했다. 얇고 기다란 나뭇가지 위에 새 조각이 있었다. 이런 게 사람이 잘 다니는 산길에 있는 게 신기해서 바라보고 있을 때였다.

"어? 어쩐 일로 이게 눈에 보이지?"

"이게 뭐야?"

"이 산의 산신령이래."

"이게 무슨 산신령이야? 거짓말도 정도껏 해."

"아냐, 나도 아빠한테 들은 거야. 이 산을 수호하는 솟대가 있는데, 이렇게 생겼대. 이걸 잡고 소원을 빌면 이뤄진다던데?"

"넌 안 빌어?"

내가 말하고도 아차 싶어서 입을 막았다. 그 애는 씁쓸한 미소를 흘렸다.

"아아, 그건 아빠의 소원 중 하나였으니까. 내 소원은 이뤄질 수 없어. 넌 원하는 거 없어? 이거 찾는 거 무지 어렵다고 들었어."

"소원? 이거 이렇게 잡고 기도하면 되는 거야?"

내가 바라는 건 딱 하나밖에 없었다. 아빠랑 엄마가 헤어지는 거. 엄마 뜻과 반대되는 일이었지만 난 솟대를 잡고 내 소원을 간절하게 염원했다.

산을 거의 다 내려와서 벤치에 앉았다. 나를 따라 그 애도 옆에 앉았다. 한참을 가만히 있다가 나는 결국 그에게 내가 가진 목각 인형을 건네주었다.

"이게 뭐야?"

"뭐긴, 네 거지."

"저번에는 죽어도 못 준다며?"

"오늘 보니까, 사랑이 절절해서 내가 갖고 있지를 못 하겠다."

"됐어. 오늘 그 장소를 보여 준 것만으로도 충분해."

"마음 변하기 전에 줄 때 가져가라고."

"그 정도면 괜찮아. 목각 인형을 그렇게 찾아 준 너를 아빠도 좋아하셨을 거야. 앞으로도 소중히 여겨 주면 그것으로 족해. 이만 가자."

그는 일어나서 내가 무슨 말을 하기도 전에 걸어가 버렸다.

산을 다 내려왔다. 바람이 불어 시원하다고 느낄 때였다. 차가운 물이 얼굴에 닿았다. 하늘을 올려다보니 구름이 빠르게 움직이며 걷히고 있었다. 햇빛이 비치는데도 하늘에서 비가 내리고 있었다. 이상한 날씨였다.

"응? 어쩐 일로 여우비가 내리지?"

그가 하늘을 올려다보고는 밝게 웃었다.

"여우비? 호랑이가 장가간다는 날?"

"응. 아빠가 그랬어. 산에 갔다가 내려올 때 여우비가 내리면

산신의 인사래. 만나서 반가웠다는."

"그런 얘기도 있어? 난 여우비 맞는 거 처음인데. 넌?"

"나도 말만 들었어. 아! 더 생각났다. 여우비 내릴 때 함께 산을 탄 사람이 서로에게 평생의 인, 인연이라는 말도 들었는데……."

그는 뒷말을 얼버무렸다. 그의 얼굴이 새빨개지자 동시에 내 얼굴도 달아올랐다.

그 애와 산을 다녀온 주말에 나는 놀랄 수밖에 없었다. 아빠가 우리 앞에 나타난 것이다. 또 다른 빚쟁이들과 함께. 아빠는 엄마에게 무릎을 꿇고 돈을 빌려 달라고 애원했다. 엄마는 나를 품에 안고 안 된다고 소리쳤다. 누구인지 모를 고함과 물건이 깨지는 소리 사이로 엄마는 더욱 힘 있게 나를 품에 안았다. 엄마는 아무것도 보이지 않고 들리지 않게 하려고 애썼다. 나도 엄마의 떨리는 몸을 안았다.

얼마나 그렇게 있었을까? 정신을 차렸을 때는 집에 아무도 없었다. 난장판이 되어 뒹구는 물건들을 제외하면 말이다. 엄마는 나더러 근처 편의점에 가 있으라고 돈을 얼마 쥐여 주었다. 나는 지친 엄마의 등을 보며 어떤 말도 해 줄 수 없었다.

나는 편의점을 나와 놀이터에서 얼마간 시간을 때웠다. 날이 저물자 엄마가 나를 찾아왔다. 엄마는 아무 말도 없이 내 손을 꼭 잡았다. 엄마의 손이 무척 따뜻했다.

"……미안해."

엄마의 목소리에는 눈물이 맺혀 있었다. 나도 눈물이 터질 것 같았지만 입술을 꽉 깨물었다. 그렇지 않으면 애써 참고 있는 엄마 앞에서 울음을 터트릴 것만 같았다.

"엄마, 이제 진짜 이혼할게."

나는 숨이 멎을 듯했다.

"조금만 더 참아 줘. 어떻게든 정리할 거니까."

그 말은 내게 엄마가 세상을 살아가는 모든 희망을 놓고 포기한다는 소리처럼 들렸다. 엄마의 소매 깃을 힘껏 잡으며 내가 엄마에게 의지가 되는 사람일까, 스스로에게 물어봤지만 대답할 수 없었다. 아빠가 우리 가족에게는 불행만 주는 사람이지만 엄마의 삶에서는 소중한 사람일 수도 있지 않을까 싶었다.

엄마와 집으로 돌아가는 길에 무거운 침묵이 흘렀다. 나는 그동안 엄마에게 제발 아빠와 헤어지라고 소리를 지르고는 했지만 막상 엄마의 결심 앞에서는 한발 뒤로 물러설 수밖에 없었다. 아직은 엄마를 도울 수 있는 힘이 내게는 없었기 때문이다. 밤하늘의 별빛을 눈으로 좇다가 생각나는 것이 있었다.

"아, 솟대!"

"응?"

"아, 아냐."

엄마의 질문에 말을 얼버무리면서도 소원을 이뤄 준다는 솟대가 떠올랐다. 그게 진짜인지는 모르겠지만 나의 소원 때문에 엄마가 잘못된 선택을 하게 되는 건 아닌지 걱정스러웠다. 내 맘대로 엄마 아빠 사이를 결정해 버리면 안 된다는 생각에 고민이 되었다.

다음 날 나는 혼자서 산을 올랐다. 지난번 산행의 기억을 더듬어 길도 없는 산속을 헤매고 다녔다. 멀리서 나무들 사이로 솟은 빨간 솟대가 얼핏 보였다가 나무에 가려지고는 했다. 그래도 솟대의 방향을 놓치지 않게 신경 쓰면서 산을 탔다.

얼마나 시간이 흘렀을까. 이상했다. 가까이 다가간 것 같았는데 솟대가 어느새 시야에서 사라져 버렸다. 다른 길로 올라온 건지 주위를 둘러봤지만 어디에서도 흔적을 찾을 수 없었다. 나무에 가려진 건가 싶어 고개를 갸웃거리면서도 발길을 돌리지 않고 올라갔다.

황당한 일이 일어났다. 시야가 탁 트인다 싶었는데 나도 모르는 사이에 산 정상에 올라와 있었다. 당황스러워 올라온 길을 돌아보았다. 저 멀리 붉은색이 얼핏 보이는 것도 같았지만 숲이 너무 우거져 있어서 확실하지는 않았다.

힘이 빠져 정상이라는 표지석이 자리한 바위에 주저앉아 버렸다. 이마에 송골송골 맺힌 땀을 소매로 닦아 냈다. 전처럼 간단히 찾을 수 있을 것 같아 물 하나도 챙겨오지 않은 게 이제야 후회가 되었다. 찾기 힘들다는 그 애의 말이 귓속을 아프게 때렸다.

하늘의 정점으로 가까워지는 태양을 보며 시간을 확인했다. 11시가 넘어 있었다. 대체 새벽부터 집을 나와 이 시간까지 뭘 하면서 헤맨 건지 도통 알 수 없었다. 정상을 거쳐 내려가는 등산객들이 드문드문 있었지만 내가 올라온 곳으로 오거나 그곳으로 향하는 사람은 없었다. 산속을 헤매면서도 정상을 잘 찾아온 것이 용했다. 이제 여기서 어느 길로 내려가야 할지 고민스러웠다.

마음 같아서는 사람들이 내려가는 길로 가고 싶었다. 그곳이라면 나도 몇 번 온 적이 있어서 잘 알고 있었다. 하지만 이대로 포기해 버리기에는 너무 아깝다는 생각이 들었다. 이번에 내려가면 어쩌다 그곳을 발견할 수 있지 않을까, 작은 희망이 솟구쳤다. 결국 올라온 길로 다시 가 보기로 했다.

힘이 풀린 다리로 터덜거리며 겨우 내려가면서 내 머릿속은 빨간 솟대로 가득 차 있었다. 솟대가 있을 만한 곳을 바라보고 쭉 아래로 갔다. 하지만 이번에도 언제 지나쳐 버렸는지 어느새 산을 거의 내려와 버리고 말았다. 산을 올려다봤지만 그 솟대의 흔적마저 찾기 힘들었다. 아쉬운 마음에 자꾸만 뒤를 돌아다보았지만 아무 소용도 없었다. 결국 완전히 하산하고 말았다. 그 순간 소나기가 세차게 쏟아졌다. 하늘을 원망스럽게 쳐다봤다. 산이 나를 내쫓는 것만 같았다.

그날 집에 돌아와서 나는 뒤늦은 소식을 들었다. 히말라야에서 그 애의 실종된 아빠가 싸늘한 주검으로 발견되었다는 것이다. 그 애는 그때 솟대를 향해 어떤 소원을 빌었을까? 기원하는 마음이 간절할수록 그 소원은 이뤄지지 않는 것 같았다. 힘이 들 때 세상의 모든 신을 애타게 불러 보았자 항상 돌아오는 건 메아리뿐이었다.

아무것도 해 줄 것은 없지만 그에게 달려갔다. 하지만 집에는 없었다. 사람들이 돌아다니며 그를 찾았다. 나는 밖으로 뛰어나갔다. 내 예상이 맞다면 그곳에 있을지도 몰랐다.

뒷산 중턱에서 드디어 그를 발견했다. 산에서 맨 처음 나무 조각을 발견한 벤치에 앉아 어두운 그림자를 땅바닥에 드리우고 있었다.

"사람들이 찾고 있던데……."

그는 갑자기 나타난 내 존재에도 불구하고 아무런 반응도 보이지 않았다. 나는 가만히 앉아 사방이 어두워지는 걸 지켜보았다. 완전히 깜깜해지자 휴대폰 조명을 켰다.

"이제 가는 게 어떨까?"

그의 눈치를 보면서 말했다. 그의 등이 더욱 작아 보여 걱정스러웠다.

"내가……."

"응?"

그가 드디어 말문을 열었다. 목소리가 잘 들리지 않아 그에게 더욱 가까이 다가갔다.

"왁!"

그때 그가 몸을 돌려 소리를 질렀다. 나는 깜짝 놀라 벤치에서 떨어지고 말았다. 놀란 얼굴로 땅에 엉덩방아를 찧은 나를 보고 그는 소리 내서 웃었다. 나는 무슨 일이 일어난 건지 알 수 없어 잠시 정신이 멍해졌다.

"아, 미안, 미안."

그가 내 손을 잡아 일으켰다. 나는 아직도 놀란 가슴이 진정되지 않아 그 손을 잡기가 무서웠다. 하지만 내 손에 묻은 흙을 털어 주는 모습을 보니, 그는 내가 알던 아이로 돌아온 것 같았다.

"놀랐잖아."

"이제 가자."

그는 휴대폰 조명으로 발밑을 비춰 가며 내 손을 잡고 산을 내려갔다. 산을 다 내려와서야 그는 꽉 잡은 내 손을 놓았다.

"고마워. 걱정돼서 찾으러 와 준 거지?"

"이제 어떻게 할 거야?"

"뭐가?"

"네 인생에서 뭔가 결정을 내리고 싶었던 거 아니야?"

그는 내 말에 뒷머리를 매만졌다.

"이거 막상 말하려니까, 좀 쑥스럽네. 그래도 너한테는 말해도 괜찮을 것 같아. 아빠의 나무 인형을 찾아 주기도 했으니까. 음, 앞으로 아빠가 올라간 모든 산을 타 보려고 해. 이 산 말고도 아빠가 나무 조각을 곳곳에 숨겨 뒀을 것 같거든. 몇 년이 걸

릴지는 모르겠지만."

그는 담담하게 말하고는 이제 가야겠다며 돌아섰다.

"……나도 갈래."

나도 모르게 그의 팔을 잡고야 말았다.

"안 돼."

"하지만……."

"너랑은 상관없는 일이야."

그의 냉정한 말에 팔에 힘이 빠졌다. 시무룩해진 내 모습에 그가 내 머리를 토닥였다.

"이건 아빠가 내게 준 과제 같은 거니까. 괜한 일에 너까지 끌어들일 수는 없어. 너도 하고 싶은 일이 있을 테니까."

그런 일은 없다고 말하고 싶었지만 그를 다시 잡을 수는 없었다.

나는 마트에 있는 엄마에게로 뛰어갔다.

"엄마, 나 하고 싶은 일이 생겼어. 고등학교 졸업하면 엄마 곁을 떠날 거야. 그러니 내 눈치 보지 말고 아빠랑 살아."

"뭐? 그게 무슨 말이야? 대학을 안 간다고? 대체 뭘 하려고 그러는 거야?"

엄마가 깜짝 놀라 펄쩍 뛰었다.

"엄마, 그래도 아빠 버릇은 고치고 만나. 더 이상 엄마가 고생하는 건 싫으니까. 그리고 어차피 대학을 가든 안 가든 엄마한테서 독립하려고 했어. 우리 집 형편에 대학 등록금 마련하기 힘든 거 알아. 전에는 아무 생각 없이 바로 돈을 벌 생각이었는데……."

"누가 그래? 내가 조금 더 일하면 너 정도는 뒷바라지해 줄 수 있어. 요즘 세상에 대학 안 나오면 뭘 하겠다고 그래?"

"대학 나와도 요샌 누구나 취직 어려운 거 알잖아. 딱히 더 하고 싶은 공부도 없고 바로 취업해도 상관없어. 근데 내가 하고 싶은 일이 생겨서 그거 하려고 해."

"그게 뭔데?"

"……해외 곳곳을 다녀와서 글을 쓰고 싶어. 엄마가 내게 도움을 주고 싶다면 처음에 필요한 대학 등록금만큼만 그냥 나한테 줘. 다음엔 손 안 벌릴게."

"해외? 어디다 글을 써? 그거 가지고 돈을 어떻게 벌겠다고 그래?"

엄마는 이해되지 않는다며 몇 번이나 내 마음을 돌리기 위해 잔소리를 늘어놓았다. 하지만 확고해진 내 마음은 변하지 않았다.

"아휴, 진짜 똥고집이라니까. 넌 누굴 닮아 그렇게 고집이 세니?"

엄마가 한숨을 내쉬었지만 나는 빙그레 웃고 말았다. 당연히 한번 마음을 정하면 절대 흔들리지 않는 엄마를 닮았다는 말은 애써 꺼내지 않았다.

그러고 나서 나는 집에서 한동안 나무젓가락에 나뭇가지를 연결하느라 애썼다. 마음처럼 쉽게 되지 않았지만 몇 시간 동안 매달린 끝에 나뭇가지를 엮어서 사람 형상을 만드는 데 성공했다.

나는 아침 일찍 그 애를 만나러 학교에 갔다. 다행히 그 애와 만나 얘기를 나눌 수 있었다.

"언제 가?"

"방학하면 바로 갈 거야."

"그렇게 빨리? 다시 학교로 돌아올 거지?"

"……아니. 지금 생각 같아서는 그냥 자퇴할까 생각 중이야. 아직 다른 사람한테 말한 적은 없지만. 그냥 검정고시를 봐도 되니까 말야. 학교에 더 이상 미련도 없고."

그의 마지막 말에 마음이 아팠다. 그에게 내 존재가 그저 아무 의미도 없는 것 같아서. 서운한 감정을 털어 버리려 애쓰면서 그에게 어젯밤 늦게까지 만든 나무 형상을 건넸다.

"이게 뭐야?"

나는 조금 쑥스러워서 그 애를 쳐다보지 못했다.

"내가 쓸데없는 참견을 하는 건지도 모르겠는데. 그냥 어제 만들어 봤어. 네가 방학 때 올라갈 산 정상에 뒀으면 해서."

"이거…… 아빠랑 나야?"

그건 나무로 얼기설기 만든 두 사람의 형상이었다. 하지만 그의 상처를 더 헤집는 건 아닌지 걱정스러웠다.

"미안."

"아냐. 이거 괜찮은데? 아빠도 좋아할 것 같아. 고마워."

그가 환하게 웃었다. 그러자 나도 마음이 놓여 따라 웃었다.

"그리고 너는 됐다고 했지만 고등학교를 졸업하면 널 따라가고 싶어."

"그건……."

"알아. 네 아빠가 너한테 남긴 선물이라는 거. 나는 지금까지 아빠한테서 선물 같은 걸 받아 본 적이 한번도 없었어. 그저 받은 것이라고는 욕이나 다른 사람 앞에서 비는 모습이었지. 그래서 솔직히 네가 부러웠어. 원래 우리 집 가정 형편상 고등학교 졸업하면 바로 돈 벌려고 했어. 아르바이트해서 돈 벌어 놓을 테니까, 다음에는 나도 데려가 줬으면 좋겠어. 네가 허락한다면 너희 아빠가 네게 남긴 장소에 대해 글을 써 보고 싶거든."

생각하고 있던 내용을 숨도 안 쉬고 단숨에 뱉어 냈다. 가슴 이 두근두근 뛰었다. 그 애는 침묵했다. 침묵이 길어질수록 허락해 주지 않을지도 모른다는 생각에 불안함이 스며들었다.

"……싫은 거야?"

"아니. 생각해 본 적이 없어서……. 일 년 후에 네가 졸업하고 나서도 생각이 변하지 않는다면 한번 고려해 볼게."

"진짜?"

"네 말을 듣고 보니 아빠가 남긴 장소를 나만 알고 있기에는 아깝다는 생각이 들어. 너랑 함께 남겨 보는 것도 의미가 있을 것 같아."

그가 내게 손을 내밀었다. 나도 손을 뻗어 힘차게 악수했다. 새로운 세계에 대한 설렘으로 몸이 떨려 왔다.

돌개바람이
휘몰아치고

노인은 석상처럼 언제나 그 자리에 앉아
울퉁불퉁 모난 돌을 쓰다듬었다.

✦ ✦ ✦

기차에 훌쩍 올랐다. 롤러코스터를 타는 것처럼 가슴이 위아래로 요동쳤다. 혼자서 이렇게 여행을 떠나는 건 처음이었다. 뭔가 일이 잘못되지는 않을까 불안했다. 내릴 역을 지나치거나, 버스를 잘못 타거나, 길을 잃어버릴까, 걱정되었다. 혼자인 것이 오늘따라 뼈저리게 느껴졌다.

단출한 가방을 멘 어깨에서 누군가가 붙잡는 것처럼 묵직한 무게가 느껴졌다. 쏜살같이 지나가는 창밖 풍경에 어깨끈을 고쳐 메며 머릿속을 스치는 누군가를 털어 내 버렸다. 정해진 좌석에 앉았다. 온몸이 늘어지며 심장이 느리게 뛰었다. 창에 얼굴을 기댔다. 차가운 기운이 이마를 서늘하게 눌렀다.

"이걸로 어떻게든 되는 걸까?"

가느다란 한숨과 함께 나온 혼잣말에 마음이 무거워졌다. 며칠 동안 잠을 못 잔 탓에 눈꺼풀이 무겁게 감겼다. 어느새 잠에 빠져들었다. 꿈속을 거니는 듯 기차의 미세한 흔들림에 몸을 맡겼다. 기차의 진동은 엄마가 우는 아이를 어르고 달래는 몸짓 같았다. 그 품에 더 깊이 잠겨 들고 싶었다. 하지만 아무리 환상적이고 멋진 꿈이더라도 언젠가 깰 수밖에 없는 몽상일 뿐이었다. 나는 출발하지도 않았는데, 혼자 앞서가 버린 기차가 벌써 어딘가에 도착했다고 손을 흔들고 있었다.

기차에서 내리자 발을 디딘 곳으로 차가운 바람이 세차게 몰려왔다. 먼 바다에서 불어오는 바람의 비릿한 내음을 한껏 들이켰다. 온몸을 두드리는 바람은 아무 생각도 하지 말라며 내 멱살을 잡아 흔드는 것 같았다. 인정사정 볼 것 없는 그 매서운 바람에 그래도 꿋꿋하게 버텨 보려고 발가락에 힘을 주었다. 하지만 날카로운 이빨을 드러내는 바람에 물리지 않으려면 뒤로 물러서야 했다.

땅끝의 해변가 마을은 어느 곳에서나 바람이 불어왔다. 바람은 차가운 기운을 저 멀리 보내 버리고 공중에서 그네를 타는 듯 멋진 곡예를 선보였다. 구름처럼 나도 아무 미련 없이 어디로든 가 버리고 싶었다. 나를 잊기 위해 육지를 떠나는 통통배에 몸을 실었다. 요동치는 배가 바람을 잔뜩 머금은 휘파람 소리를 쉭쉭 내며 육지와 멀어져 갔다.

배가 작은 섬의 방파제에 닿았다. 집 몇 채가 나무에 둘러싸여 있을 뿐 사람의 흔적은 보이지 않았다. 어디로도 갈 곳이 없어 방파제에 털썩 주저앉았다. 잔물결이 햇빛에 반짝거렸다. 섬은 어느 곳에서나 바다를 만나고 있었다. 떼어 낼 수 없는 바다와 섬의 관계가 왜 보는 사람을 쓸쓸하게 만들어 버리는지 알 수 없었다.

나는 해안가에 앉아 물결이 일렁이는 먼 바다로 시선을 던졌다. 하염없이 시간을 죽이다 보면 어느새 과거의 검은 기억들이 몰려왔다. 슬프고 절망스럽고 화나고 짜증 나고 후회스러운 기억들이 비웃음 가득 담긴 표정으로 눈앞에 확 다가왔다. 온몸에 끈이 감겨 옥죄어 오는 느낌에 못이 박힌 듯 움직일 수 없었다. 기억을 지울 수 있다면 내 뇌를 꺼내도 상관없을 것 같았다. 비명을 지르고 목이 터져라 외쳐 대고 싶다. 하지만 입술은 달싹여지지 않고 오히려 꽉 다물어지기만 했다.

나는 외롭고 쓸쓸한 모습으로 힘없이 방파제에 앉아 있었다. 썰물에 드러난 모래사장을 보니 하염없이 걸어가 보고 싶었다.

그 끝에는 무엇이 있을지 호기심이 들었다. 멀찍이 떨어진 해변에서 누군가가 몸을 웅크리고 뭔가를 하고 있었다. 겨울바람이 세차게 뺨을 갈겨 대어 정신없는 중에도 나만의 공간이 침범 당한 것 같아 자꾸 그 누군가가 신경 쓰였다. 처음엔 나처럼 그저 외지에서 온 관광객인 모양이라고 생각했는데, 등을 돌리고 앉아 있는 모양새가 하루 이틀 그러고 있는 게 아닌 것 같았다.

근처로 다가가 보았다. 빛바랜 회색 털 점퍼에 검정 목도리를 두른 노인은 뭔가를 쓰다듬고 있었다. 칼날 같은 차가운 바람에 허옇게 센 머리카락이 힘없이 이리저리 흩날렸다. 그의 얼굴에는 아무런 표정도 떠오르지 않았다. 하지만 무언가를 바라는 듯한 정성스러운 손동작은 왠지 모를 슬픔을 전했다. 알 수 없는 먹먹한 기분에 나도 모르게 그에게 가까이 다가갔다.

"뭐 하세요?"

느닷없이 얼굴을 들이대자 그는 흠칫 놀랐다가 곧 표정을 지워 버리고는 나를 외면했다. 그냥 물러나기에는 괜한 오기가 생겨 어떤 말이라도 해 줄 때까지 있겠다는 마음으로 그 옆에 주저앉았다. 그는 눈길 한번 힐끗 던지고는 자신의 일에 몰두했다. 그는 석상처럼 미동도 없이 그 자리에 앉아 울퉁불퉁 모난 돌을 쓰다듬었다.

얼마 동안 그러고 있었는지 모르겠다. 해가 기울자 더욱 쌀쌀해진 기온에 어깨가 움츠러들었다. 어느 순간 바다로 관심을 돌려 버렸는데도 노인은 변함없는 모습으로 꿋꿋하게 돌을 만졌다. 아무 반응도 없는 그에게 흥미가 떨어져, 나는 엉덩이를 탈탈 털고는 자리를 떴다. 해안가를 나오면서 돌아본 자리에는 여전히 자세를 풀지 않은 노인이 회색빛에 휩싸여 돌덩이가 되어 가고 있었다.

조금 걷다가 '민박'이라는 색이 바랜 글자가 적힌 집으로 들어갔다. 성수기도 아니고 혼자라 비교적 싼값에 방을 잡을 수 있었다.

"근데 어려 보이는데, 나이가 어떻게 돼?"

민박집 아주머니의 말에 가슴이 뜨끔하면서도 최대한 밝게 웃으며 얘기했다.

"저 수험생인데요. 이미 대학교가 결정돼서 혼자 여행 다니는 중이에요."

"그래? 축하할 일이네."

놀라며 칭찬을 하는 아주머니 앞에서 더 이상 할 말이 없어 머리를 긁적였다.

아무것도 들고 오지 않아 민박집 아주머니가 밥과 몇 가지 반찬을 방으로 넣어 주었다. 고맙다고 인사하며 돈을 드리려는데, 괜찮다며 안쪽 집으로 들어가 버렸다. 밥을 보자 갑자기 허기가 졌다. 평소에는 좋아하는 반찬만 먹었는데, 지금은 밥에 김치만 있어도 맛있게 느껴졌다. 열어 둔 창으로 들어온 소금기 머금은 바닷바람이 밥맛을 좋게 만들어 주는 건지도 몰랐다. 멀리서 들려오는 파도 소리는 부드러운 음악을 틀어 놓은 듯 혼자 먹는 밥도 외롭지 않게 해 주었다.

다 먹은 그릇을 쟁반에 담아 아주머니에게 가져다주었다. 맛있었다는 말을 전하는 내 얼굴에는 나도 모르게 미소가 지어졌다. 인사를 하고 나오려는데 낮에 봤던 노인이 떠올랐다.

"저기, 해안가에 어떤 할아버지가 있던데요. 누군지 아세요?"

"아! 순영이 할아버지신가? 돌덩이 만지고 계셨지?"

"네. 왜 그러고 계신 거예요?"

아주머니는 방으로 들어가려다 마루에 주저앉으며 한숨을 내쉬었다. 먼 하늘로 시선을 보내며 입을 열었다.

"쯧쯧, 순영이가 무사히 돌아오라고 돌덩이를 만지며 빌고 있는 거야."

"순영이요?"

"아유, 그 집 얘기하면 끝이 없지. 거기 순영이라고 손녀가 있는데, 올해 막 중학생이 됐거든. 근데 지금 행방불명이야. 친구 집에서 오는 길에 갑자기 연락이 끊어져 버렸어."

"언제부터요?"

나는 내심 아무렇지 않은 척 물었다. 요새 그런 일은 종종 있으니까. 하지만 마음이 뜨끔했던 것은 나쁜 애들에게 휩쓸려 그들과 함께 지냈던 때가 떠올랐기 때문이다.

"한 이십 일 넘었나? 아직 흔적도 못 찾고 있으니 속이 많이 타겠지. 이 좁은 동네에서 어쩌다 그런 일이 일어난 건지 요새 좀 흉흉하다니까. 자네도 다닐 때 조심해. 관광객도 외부인이라 좋은 눈길이 아니니까."

그 노인도 내가 외부인이라 그런 태도를 취했던 것일까? 외부인이라……. 뭐 언제 어디서나 외부인이었으니 그리 특별할 것도 없었다. 나는 군말 없이 알겠다며 고개를 끄덕였다. 그대로 앉아 있으면 아주머니의 끝없는 수다에 말려들 것 같아 슬쩍 일어나 저녁 인사를 하고 방으로 돌아왔다. 아무것도 보이지 않는 창밖을 바라보며 생각에 잠겼다.

외부인이란 말은 귀찮은 일을 피하는 데 좋은 핑곗거리가 되었다. 이리저리 전학을 많이 다녀야 했던 나로서는 진득하게 누군가와 우정이란 걸 나눌 만한 여건이 못 되었다. 중학교에 올라가 겨우 한 군데서 정착할 수 있었지만 나는 이미 철저한 외부인이 되어 있었다. 어느 모임에도 어울리지 못하고 한 발짝 물러선 채 그렇게 모든 일에 무심하게 굴었다. 그런 내가 욕심을 가졌다. 그 마음이 모든 일의 화근이 되어 버렸다. 내가 바라는 것을 얻기 위해 내게 의미 없는 무언가를 버렸다. 하지만 의미 없다고 생각한 것은 나만의 착각이었다. 그 때문에 나는 또다시 철저한 외부인이 되어 버렸다.

날이 밝자 나는 해안가로 나가 보았다. 아주머니의 얘기도 있고 해서 이번에는 다가가지 않고 멀리서 지켜보기만 했다. 별로 배도 고프지 않아서 점심도 건너뛰고 바다를 쳐다보는 척 노인에게 슬쩍 눈길을 던졌다. 무념무상에 빠진 노인은 다른 일에는 관심도 없다는 듯이 돌덩이 하나만을 정성스럽게 어루만지고 있었다. 그 모습에 혀를 내두르면서도 소용없는 일에 매달리는 노인이 안돼 보였다. 저렇게 한다고 손녀가 돌아올까? 이십 일 넘게 사라진 상태라면 희망이 없는 게 아닐까? 납치 전화도 없었다면 나쁜 범죄에 희생된 거겠지. 알면서도 모른 척 눈을 감아야 하는 것이다. 저 노인은 그것이 견딜 수 없는 것이리라. 뭐라도 하지 않으면 미쳐 버릴 것 같을 테니까.

갑자기 노인이 앞으로 몸을 숙였다. 처음엔 온몸의 힘을 이용해 돌을 정성스럽게 닦는다고 생각했는데, 한참 동안 일어나지 않아서 기분이 이상했다.

"저기요, 어디 안 좋으세요?"

급하게 다가가 물었다. 내가 건넨 말에도 그는 아무런 움직임이 없었다. 그의 어깨를 붙잡아 일으켰다. 그는 내 손을 뿌리치고 얼굴을 바닥으로 숙였다. 정말 어디가 아픈가 싶어서 그의 얼굴을 들여다보았다. 그의 눈에서 눈물 한 방울이 아래로 툭 떨어졌다. 불에라도 덴 것처럼 그의 어깨를 잡은 손을 떼어 냈다.

나는 뒤로 몇 걸음 물러나 그의 어깨가 흔들리는 걸 가만히 지켜보았다. 결국 그에게 더 다가가지 못하고 그 자리에 앉아 버렸다. 바다로 눈길을 던졌다. 괜한 일에 끼어들었다는 생각에 한숨이 새어 나왔다. 이 자리를 떠날 수도 없고 그렇다고 노인에게 다시 말을 건넬 엄두도 나지 않았다. 이러지도 저러지도 못하고 가만히 앉아 있는 자신이 한심스러웠다.

시간이 얼마쯤 지났을까. 그가 자신의 얼굴을 손바닥으로 문질렀다. 이제 좀 감정이 정리된 모양이었다. 그가 몸을 일으키다가 나를 발견하고는 조금 놀란 표정을 지었다. 나는 살짝 고개를 숙이며 눈을 맞췄다. 그는 엉거주춤 자리에 다시 앉았다.

헛기침을 몇 번 하면서.

"흠, 여기 사람은 아닌데. 여행객인가?"

"네. 어제 왔어요. ……여긴 시간이 정지해 있는 것 같아요."

"그러다 빠지는 거야. 시간의 늪에."

노인의 말이 이해되지 않아 그를 쳐다보았다. 그는 내 눈길을 느꼈을 텐데도 여전히 돌을 쓰다듬는 걸 멈추지 않았다.

"자네는 후회되는 일이 있나? 난 항상 후회를 곱씹고 있어."

후회라……. '감정'이 껌처럼 가볍게 씹고 버릴 수 있는 거라고 생각하던 때가 있었다. 하지만 껌이 신발 밑창에 달라붙어 지독히도 안 떨어지는 것처럼 자꾸 빠져들어 헤어 나올 수 없었다. 후회라는 늪 속에서.

"생각해 보면 지금껏 살아오면서 잘못한 일이 너무 많아. 남한테 해코지한 것은 결국 자신에게 돌아오게 마련이라지? 그게 나한테만 오면 오죽 좋겠어. 이 나이에 바랄 게 뭐 있다고, 죽으면 그만이지. 근데 아니야. 불행은 태풍이야. 비만 쏟아지는 게 아니라 항상 천둥과 번개를 동반하는 법이거든."

노인이 돌을 쓰다듬는 게 사라진 손녀 때문이라고 생각했는데 꼭 그것만은 아닌 모양이었다. 그의 말은 촛불이 꺼져 가듯 점점 더 잦아들었다. 그런 그에게 소리를 높이라고, 더 얘기해 보라고, 닦달할 수 없었다. 다른 사람을 신경 쓰고 있을 때가 아니라는 마음속의 외침 때문이었다. 나도 태풍에 휩쓸려 이 세상에서 사라지고 싶었다. 천둥과 번개 속에서 끝없이 달리고 싶었다. 이 세상의 끝을 향해.

민박집으로 돌아왔다. 주인집 아주머니는 내가 지내는 곳의 옆방을 청소하고 있었다. 내일 다른 손님들이 오는 모양이었다. 아주머니는 풍광이 좋은 곳에서 민박집을 운영하고 있었는데, 남해 끝에 있는 섬이라 사람들이 드문드문 찾아왔다.

"오늘은 어디 갔다 왔어? 앞에 길 따라 올라가면 동백나무 숲도 있고 맞은편 산 중턱에 풍경 좋은 정자도 있는데."

방에서 걸레질을 하던 아주머니는 집으로 들어오는 나를 반갑게 맞아 주었다.

"여기 앞에 있는 해변에 나갔어요."

"또? 어제도 하루 종일 있었다면서?"

"그 할아버지, 손녀 외에 다른 일도 있었어요? 오늘 보니까 더 안 좋아 보이더라구요."

아주머니는 나를 한번 흘긋 보더니 아무런 대답 없이 청소를 계속했다. 나는 괜히 민망해졌지만, 그만큼 뭔가 말 못할 사정이 있는 것 같아 마음이 무거워졌다. 이만 들어가 보겠다며 작

은 목소리로 인사했다. 그런데 아주머니는 빈방에서 나와 수돗
가로 향하며 한 마디를 던졌다.

"집에 들어가서 커피 좀 타 줄래?"

갑작스러운 말에 놀랐지만 알겠다며 집 안으로 냉큼 들어갔
다. 아주머니가 청소를 끝내고 안채로 오기 전에 가스레인지에
주전자를 올리고 커피를 타느라 바쁘게 움직였다. 왠지 이야기
가 길어질 것 같았다. 아주머니의 굳은 얼굴을 보면 말이다.

"순영이 할아버지한테는 자식이 셋 있었어. 첫째는 배 타고
바다에 나갔다가 파도가 높이 쳐서 배가 뒤집혀 버렸지. 멀리
나갔다 돌아오는 길에 폭풍을 만났거든. 둘째는 첫째가 죽은 지
삼 년 뒤에 술 마시고 운전을 하다 바다에 떨어지는 사고로 죽
었어. 집안에 액운이 꼈다거나 저주에 걸린 거라고 말들이 많았
지. 그래서 셋째는 이 섬을 나가 버렸어. 그래도 소용이 없었어.
결국 말기 암이래. 병원에서 치료 중인데 희망이 없다는 거야.
그런데 이제 손녀마저 행방불명이니 난리도 아니지."

노인의 사연은 먼 곳을 돌아다니는 텔레비전 속 이야기 같았
다. 그냥 소설이나 영화 속에서만 존재하는 꾸며 낸 이야기처럼
느껴졌다. 그만큼 노인은 불행을 타고난 사람이었다. 인생엔 기
쁜 일도 있고 슬픈 일도 있다고 하지만 사실 어떤 사람에게는

안 좋은 일만 일어나기도 했다. 노인이나 나처럼.

"셋째가 섬을 나가고서 할아버지가 많이 상심한 것 같아. 그때부터 해변에 나가 돌을 쓰다듬기 시작했거든. 왜 그러냐고 사람들이 물으면 자기 지문이 지워지면 좋겠다는 거야. 사람들은 노인네 정신이 이상해진 것 같다고 말들이 많았지."

노인은 왜 자신의 지문이 사라지길 바란 걸까? 궁금했지만 노인에게 가서 물어볼 수는 없었다. 작은 호기심만으로 다른 사람의 상처를 헤집으면 안 되니까.

"손녀가 행방불명되고 난 후에는 저렇게 매일 해변에 나가 돌을 붙들고 있는 거야. 전에는 일주일에 두 번 정도 해변에 나가는 편이었는데. 이십 일째 식음을 전폐하고 밤에도 그러고 있는 모양이야. 다들 순영이 할아버지까지 큰일 날 거라며 말리고는 있는데, 할아버지 고집이 보통이 아니라서 말이야. 참 답답할 노릇이지."

방으로 돌아와 누워도 잠은 오지 않았다. 방 안은 한 치 앞도 보이지 않을 정도로 어두컴컴했다. 내가 지냈던 도시에서는 불을 꺼도 환한 대낮이었다. 밤을 잊은 도시는 새벽이 되어도 잠들 수 없는 곳이었다. 가로등 불빛에 불면증은 낫지 않고 밤거리를 돌아다니게 만들었다. 무엇을 찾으려고 그렇게 헤매 다녔던 것일까? 결국 모래가 손바닥을 빠져나가듯 남은 것은 아무 것도 없었다. 알게 된 것은 내가 해 온 것이 모두 헛된 일이라는 사실이었다. 잘나가는 무리에 들어간다 해서, 특별한 사람과 친하다고 해서, 내가 잘나거나 남다른 사람이 되는 건 아니었다.

나는 해변으로 다시 나가지 못했다. 노인을 생각하면 가슴이 싸늘해지는 느낌을 받았다. 여기까지 와서 나 자신이 감당할 수도 없는 일에 굳이 더 깊이 관여하고 싶지 않았다. 자기 앞가림도 못하면서 남의 얘기에 열 올리는 것은 다른 사람의 불행으로 자기를 위로하려는 짓일 뿐이었다.

노인은 잊어버리고 어제 아주머니가 얘기한 동백나무 숲을 찾아 걷기로 했다. 붉은 꽃이 통째로 땅에 떨어져 있었다. 나뭇가지 위에도 꽃이, 그늘진 땅에도 수를 놓는 꽃이, 서로 거울을 마주 보고 있는 것처럼 새빨갛게 피어올랐다. 누구의 가슴에 맺힌 피의 외침일까? 도망쳐야 해, 도망쳐! 울음 섞인 소리가 자꾸 등을 밀었다, 여기를 떠나라고. 두꺼운 잎으로 가려진 녹음이 땅에 떨어진 붉은 꽃에 더욱 짙은 색깔을 더했다. 죽음의 피색깔이 바짓가랑이에 물들어 땅바닥까지 길게 늘어진 것 같았다. 나는 현실이 아닌 환상 속에서 붉은 꽃을 미친 듯이 짓밟았다. 신발 밑창에 소리 없는 피의 외침이 끈적하게 질척거렸다. 누가 소리를 치는지, 누구의 거친 숨소리인지, 도저히 알 수 없을 정도로 머릿속이 혼미해졌다.

힘겹게 동백나무 숲을 벗어났다. 나무 한 그루가 아니라 멀찍이 떨어진 곳에서 커다란 숲을 보고 싶었다. 나는 지금까지 나무밖에 보지 못했던 것 같다. 나무가 나의 전부라고 여겼는데, 지금 와서 돌이켜보면 그건 어리석은 생각이었다. 다른 나무가 있고 그런 나무들이 모여 숲을 이루는데, 왜 나는 그 나무 하나에만 집착했던 것인지 알 수 없었다. 더 넓은 세계를 눈에 담아 세상의 푸르른 하늘 속에서 찰방거리며 물장구를 치고 싶었다.

산으로 올라갔다. 커다란 바위를 비틀거리며 힘겹게 올라가자 얼마 지나지 않아 산 중턱에 다다랐다. 그곳에는 작은 정자가 자리 잡고 있었다. 쓰라린 바람이 한 차례씩 들이쳐 몸이 얼어 버리는 것 같았다. 하지만 저 멀리 보이는 녹색 풍광은 움츠린 어깨를 살포시 안아 주는 것처럼 부드러웠다.

정자에 앉아 무거운 머리를 내려놓고 아무 생각도 없이 산 너머 하늘을 바라보았다. 바람이 얼마나 세차게 불어 대는지 새털구름들이 빠르게 흘러 다니며 흐트러졌다. 그런 하늘과 바다를 한눈에 담았다. 정자 기둥에 머리를 기댔다. 차가운 기둥이 붉게 달아오른 뺨의 열기를 식혀 주는 게 기분 좋았다. 눈이 사르르 감겼다. 이곳에서는 이상하게도 편안한 잠이 찾아들었다. 그렇게 시간 속에 잠겨 들었다.

시간이 많이 흐른 것 같아 눈을 떴다. 풍광이 좋아 계속 있고는 싶었지만 마음이 조금씩 요동치기 시작했다. 이유는 고민하지 않아도 알 수 있었다. 노인이 지금도 그 자리에 있을 것 같다는 생각이 들 때마다 마음이 무거워졌다. 차츰 커지는 불안감을 견디다 못해 결국 산을 내려가고 말았다. 마음속에 돌덩이가 잔뜩 들어앉아 있는 것 같았다.

늦은 오후, 해변으로 발걸음을 옮겼다. 노인은 웬일로 자리를 비웠는지 해변에는 사람의 그림자조차 찾을 수 없었다. 어제와 변한 게 하나도 없는 해변인데도 마음이 뻥 뚫리는 기분은 그다지 들지 않았다.

바다를 등지고 앉아 있던 노인의 자리로 향했다. 저물어 가는 붉은 바다 빛을 받고 있는 돌덩이 주변을 바람이 넘실거리고 있었다. 바람은 둥근 돌덩이를 휘돌며 노인처럼 돌을 쓰다듬었다. 노인처럼 바람의 손길도 왠지 쓸쓸하게 느껴졌다. 나도 그 분위기에 휩쓸리는 것 같았다. 나는 그 앞에 앉아 돌을 품에 안았다. 그 돌에 조금은 온기를 전할 수 있지 않을까, 하는 마음이었다.

주먹만 한 둥근 돌 세 개와 아직은 울퉁불퉁한 돌 하나가 길쭉하게 세워져 있었다. 어제 아주머니가 해 준 얘기가 떠올랐다. 노인의 가족에 해당하는 것일까? 그렇다면 아직 표면이 울퉁불퉁한 돌은…… 손녀구나, 행방불명이 되었다고 하는. 그 아이를 찾기 위해 빌고 또 빌고 있는 것일 테지만. 그렇게 염원한다고 해서 바라는 게 이뤄질 거라고는 생각되지 않았다. 할 수 있는 일이 마땅히 없으니 이러고 있겠지만.

노인이 알을 품듯이 정성스럽게 돌을 쓰다듬던 장면이 떠올랐다. 나도 노인처럼 돌을 어루만졌다. 거친 돌에 손바닥의 살갗이 찢어지고 생채기가 생겨도 멈추지 않았다. 노인의 손바닥에는 더 깊게 팬 자국도 무슨 훈장처럼 선명하게 나 있었다. 내 손바닥에도 그처럼 자국이 생긴다면 알 수 있을 것 같았다. 노인이 왜 이런 돌덩이에 집착하는지, 그게 노인에게 어떤 의미인지 말이다. 알 수 없는 기분에 휩싸여 나도 어느새 돌을 만지는 일에 빠져들었다. 노인처럼 나도 누군가를 생각하며 돌을 문지르고 있었다.

짧은 해가 지고 세상에 완전한 어둠이 내려앉았다. 태양과

자리를 맞바꾸듯 두둥실 떠오른 보름달이 환했다. 그 은은한 빛깔이 보드라웠지만 바다를 향해 돌아서지는 않았다. 내게 달빛의 위로는 사치였다. 나는 따뜻함을 누릴 자격이 없었다. 더 힘을 준 손바닥에 생채기는 하나씩 늘어갔다. 눈썹이 찡그러질 정도로 아팠지만 손동작을 멈추지는 않았다. 그렇게 달이 떠오를수록 돌에 드리워진 어둠은 짙어져만 갔다.

어두운 골목길에서 나는 누군가를 신나게 밟아 대고 있었다. 얼마나 밟혔는지 작은 신음도 새어 나오지 않았다. 뒤에서 담배를 피우던 무리는 침을 뱉거나 낄낄거리고 웃거나 누군가는 휘파람을 불며 호응하기도 했다. "가자!" 뒤에 있던 무리 사이에서 나온 짧지만 단호한 명령에 그들은 담배를 여기저기에 튕겨 버리고는 그 무리의 짱을 따라나섰다.

미련 없이 돌아서는 내 바지춤을 정신을 잃고 쓰러진 줄 알았던 누군가가 붙잡았다. 민식아……. 희미하게 나온 소리를 묵살하며 바지를 털어내 버렸다. 야, 이 새끼야……. 걸어가다가 한번 멈칫거렸지만 돌아서지는 않았다. 그 뒤에 겨우 들려온 말은 마음 깊은 곳에서 꾸역꾸역 힘들게 뱉어 낸 듯한 단 한 마디였다. 친구야…….

그와 난 친구라고 불릴 만한 사이가 아니었다. 친구라니, 그 얼마나 허황되고 황당한 단어인지 비웃음이 흘러나왔다. 그런 쓸데없는 감상에 빠져 있다가는 언제 뒤통수를 맞을지 모를 일이었다. 나는 중학교 때부터 그와 알고 지냈고 함께 어울려 놀러 다니기는 했다. 그래도 그런 걸 친구라고 부르진 않았다. 친구란, 친구란……, 흔히 말하듯이 손발이 오글거리는 관계였다. 난 그런 거 키운 적도 없고 키울 생각도 없었다.

과감하게 돌아섰지만 걸을수록 발걸음은 무거워졌다. 어두운 골목길에서 신발을 통해 전해지던 물렁한 살집이 발바닥을 통해 스멀스멀 기어 올라오는 것같이 느껴졌다.

그는 항상 모든 일에 정의롭고 진실된 아이였다. 처음 그를 만났을 때도 그는 지갑을 훔쳐 달아나는 사람을 뒤쫓고 있었다. 소매치기가 도망치다가 좁은 길로 들어섰고 나는 무슨 일이 일어나는지도 모르고 때마침 그 모퉁이를 돌고 있었다. 다행인지 불행인지 서로의 몸이 부딪히는 바람에 소매치기를 붙잡을 수 있었다. 그때 내가 한 일이라고는 부딪힌 어깨를 문지르는 것뿐이었다. 그런데도 그는 소매치기를 잡은 공로를 내게 돌렸다. 나는 그와 함께 경찰서에서 주는 표창장을 받았다. 뭐가 어떻게 된 건지도 모르고 그렇게 휩쓸리게 되면서 그와 조금씩 가까워졌다.

하지만 나는 그에게 왠지 모르게 주눅이 들어 있었다. 그와 나는 밑바닥에서부터 다른 인간이라는 걸 뼈저리게 느꼈다. 그는 나와 달리 뭐든지 잘하는 능력자였고 성격이 좋아 주변에 친구들이 많았다. 그는 상대방에게 믿음과 신뢰를 주는 존재였다. 그런 그가 나와 함께 다니는 게 좋기도 했지만 그만큼 나 자신은 작아져 볼품이 없어지는 것 같았다. 어두운 감정들이 소용돌이치는 것만큼 그가 미워지기 시작했다. 애초에 그가 없었으면 느끼지 않아도 되었을 보기 싫은 감정들이었다. 점점 깊어지는 감정들은 나조차도 추스르지 못할 정도가 되었다. 나는 마음속에서 그와의 관계에 담을 쌓기 시작했다. 겉으로는 아무 생각 없이 웃으면서 비밀스럽게. 그렇게 시간이 흐르며 그는 내게 아주 먼 존재가 되어 갔다. 패거리에 들어가기 위해 희생해도 될 정도로 말이다.

울퉁불퉁한 돌을 있는 힘껏 꽉 쥐었다. 손바닥이 콘크리트에 쓸리는 느낌이 들었다. 조금 다친 것 같았는데 손바닥이 화끈거리면서 쓰라렸다. 손바닥을 달빛에 비추어 보았더니 검붉은 피가 점점이 맺혀 있었다. 돌을 손바닥에 올려놓고 한참 동안 훑어보며 쓰다듬었다. 마치 살아 있는 작은 생물을 대하듯. 노인이 찾길 염원하던 그 손녀와 병원에서 퇴원했을지도 모를 그

녀석을 떠올려 보며 가만가만히 속삭였다.

'수리 수리 마하수리! 아픔아, 동글동글 동그래져서 사라져라, 얍!'

나도 모르게 주문을 외웠다. 환한 달빛이 자꾸 등을 떠밀었다. 서울에서 하룻밤 만에 급하게 쫓겨 왔듯이 벌떡 일어나 그 자리를 벗어났다. 여기서 이렇게 시간을 보내고 있어도 되는지 알 수 없었다. 이런 생각을 떠올릴 때마다 마음속에서는 폭풍이 일었다. 모든 것을 날려 버릴 듯 강렬한 바람이었다. 대체 상황이 어떻게 되어 가고 있는지 서울에서는 단 한 통의 문자도 없었다. 그렇다고 무턱대고 내가 먼저 이리저리 연락하기도 어려웠다. 어디서 꼬리가 잡혀 버릴지 알 수 없었기 때문이다.

급하게 기차를 타기 전날 밤, 나는 아무 생각 없이 패거리와 함께 다니며 길을 배회하고 있었다. 우리는 길을 비켜 주지 않았다. 가다가 어깨가 부딪히더라도 쌍욕을 퍼부으면 오히려 상대방이 겁을 집어먹고 슬금슬금 물러나곤 했다. 우리는 그 꼴을 보면서 세상이 우스워졌다. 우리 마음대로 뭐든지 할 수 있는 세계였다. 누구도 뭐라고 하지 않는, 잘못을 다그치지 않는. 걸려도 '미성년자'라는 강력한 무기가 있었다. 우리는 낄낄거리며 길거리를 지배했다. 그러다 받은 전화 한 통은 세상이 한번에

뒤집힌 듯한 어지러움이 일어나게 만들었다. 바로 경찰이었다.

바다를 향해 지어진 민박집에 환한 불이 켜져 있었다. 멀리서부터 평소와는 다른 말소리들이 들려왔다. 내가 나간 사이에 사람들이 온 모양이었다.

외따로 떨어진 집으로 향했다. 오늘 아침에 아주머니가 내 방을 다른 곳으로 옮겨 주었다. 옆방에 사람들이 와서 불편할까 봐 신경을 써 준 것이다. 성수기가 아니라 해 줄 수 있는 일이라며 별거 아니라는 듯 말했지만 나는 아주머니의 마음 씀씀이가 고마웠다. 사실 누가 들어온다는 말에 괜히 마음이 불안해져서 어젯밤에 잠자리가 조금 불편했다.

"오늘은 좀 늦었네? 많이 돌아다니다 온 모양이야?"

"여긴 정말 한적해요. 서울은 온몸을 정신없이 흔들어 버리는 느낌인데 말이에요."

"그래, 도시는 활기차지. 서울이 요동치는 배 위라면 여기는 바다 깊숙이 잠긴 곳 같지?"

밤이 되어 불을 끄고 자리에 눕자 정말 빛 한 점 뚫고 들어오지 못하는 바다 깊은 곳에 잠긴 듯 아득함이 몰려왔다. 오늘은 오히려 빛을 찾아다니며 헤매는 꿈을 꾸게 될지도 몰랐다. 전에는 눈부신 빛에 쫓겨 다니는 악몽만 꾸었다.

병원이었다. 내가 밟아 줬던 녀석은 눈을 크게 다치고 말았다. 경찰까지 나서는 걸 보면 실명이라도 된 것일까? 새벽에 몰래 들어간 병실에서 그 아이는 두 눈에 붕대를 감고 깊은 잠에 빠져 있었다. 그곳은 어두웠는데도 내가 서 있는 곳만은 스포트라이트를 받은 것같이 환했다. 보기 싫은 내 모습이 더 선명하게 무대 위에 떠올랐다. 먼지가 부유하는 모습까지 보일 정도로 빛은 내 안의 저 깊은 곳 어둠까지도 모두 까발리는 것 같았다. 내 신발에 묻은 피와 바지의 구김이 더욱 선명해 보였다. 더 이상 그 자리에 있을 수 없어 재빠르게 도망쳐 나왔다. 그래도 그 빛은 무서운 속도로 나를 쫓아왔다. 나를 씹어 삼켜 버릴 듯이.

나는 다음 날 일찍 해변으로 나가 보았다. 노인이 한결같은 모습으로 돌을 쓰다듬고 있었다. 옆에 가서 풀썩 앉아 버렸다. 노인은 전처럼 쳐다보지도 않았다. 한동안 파도가 치는 바다만 바라보았다. 세찬 겨울바람에 귀가 통째로 떨어져 나갈 듯 얼얼한 통증을 느끼면서. 그 찌릿찌릿한 아픔으로 귀가 먹먹해졌다. 두 귀를 손바닥으로 막고 바람에 맞서 소리쳤다.

"친구를 밟아 버렸어요. 내 한 몸 살겠다고!"

누구한테라도 말하고 싶었다. 나를 나쁜 놈이라고 욕하면서

패 주면 더 시원할 것 같았다. 노인의 눈매가 매서워졌다. 그 눈빛에 한 발 물러서고 말았다.

"알아요. 제가 잘못한 거……. 그 친구가 실명할지도 모른대요."

"사람은 죗값을 치르게 돼 있어. 네 나이 때 알았으면 내가 지금 이렇게 살고 있지도 않았을 거야. ……나는 사람을 죽일 뻔했어. 직접 죽인 건 아니지만 그때 그 일이 발단이 되어 더 빨리 죽어 버렸어. 그러니까 내가 죽인 거라고도 할 수 있지."

노인은 가늘게 떨리는 손가락으로 조심스럽게 돌을 어루만졌다. 그의 입에서 나온 말들이 돌을 문지르는 쓸쓸한 손길을 덮어 갔다. 노인이 어렸을 때 겪은 일이었다.

마을 뒷산에 올라가 놀다 길을 잃어버렸다. 산길을 찾아 아무렇게나 돌아다니다 나무 덩굴을 지났다. 순간 눈앞에 넓은 공터를 발견했다. 그곳에 낡은 집 한 채가 서 있었다. 내려가는 길을 물어보면 되겠다 싶어 반가운 마음으로 뛰어갔다. 그런데 안에서 날카로운 비명 소리가 짧게 들려왔다. 깜짝 놀라 자리에 멈춰 서서 귀를 쫑긋 세웠다. 하지만 방금 들은 소리가 거짓말처럼 사라지고 주변은 갑자기 괴괴해졌다. 순간 친구들 사이에서 떠돌던 뒷산에 있는 귀신의 집에 대한 소문이 떠올랐다. 등골이 오싹해졌다. 당장 그 자리를 떠나 도망치고 싶었다. 하지만 가슴이 두근거리면서도 비명 소리가 누구의 것인지 확인해야 한다는 생각이 들었다. 왠지 진짜 사람일 것 같다는 불길한 기분이 들었던 것이다.

발소리를 죽여 가며 조심스럽게 건물로 다가갔다. 건물 뒤편으로 돌아가니 유리창이 조금 깨져 있었다. 숨을 죽이고 발뒤꿈치를 있는 힘껏 올려 안을 살폈다. 찢어진 소파와 넘어진 장롱을 보니 폐가인 모양이었다. 그곳엔 사람들이 네다섯 명 정도 모여 있었다. 사람들이 신발을 신고 거실을 걸어 다니면서 누군가를 끌고 다녔다. 머리가 길게 흩날리는 걸 보니 여자인 것 같았다. 그들은 여자를 거실 바닥에 패대기쳤다. 충격을 받은 여자는 몸을 새우등처럼 말았다. 그런 여자에게 발길질이 이어졌다. 수차례 내려찧는 발길 사이로 헝클어진 머리에 가려진 여자의 얼굴이 보였다. 여자의 눈동자가 얼핏 반짝인 것 같았다. 그들은 낄낄거리며 때리는 걸 멈추더니 한 남자가 여자 앞에 섰다. 짧은 시간이었다. 한순간 뭔가를 봤다. 하지만 그걸 인식하기도 전에 뒤도 돌아보지 않고 도망쳐 버렸다.

숨이 턱까지 차오를 정도로 정신없이 산을 뛰어 내려왔다.

어디가 어디인지 알 수 없이 헤매고 다녔다. 기진맥진한 채로 커다란 나무 기둥에 등을 기대고 앉았다. 여자의 짙은 눈동자와 눈이 마주쳤다. 살려 달라고 호소하는 듯한 그 깊은 눈을. 그리고 보지 말아야 할 것을 보았다. 낯익은 얼굴이 여자에게 향하고 있었다. 그 얼굴이 갑자기 고개를 돌리자 까무러칠 정도로 놀라 아무 생각 없이 뛰쳐나와 버린 것이다.

"그 남자가 누구였을까?"

노인은 혼잣말을 하듯이 낮게 읊조렸다. 나도 그것이 궁금했다. 하지만 물어볼 수는 없었다. 아주 가까운 사람이었을 것 같은 예감이 들어서였다. 내가 친구를 팔아넘기고 패거리에 들어간 것처럼.

그 패거리는 내 친구가 싸움에 소질이 있다며 그를 포섭하려 했지만 친구는 말을 듣지 않았다. 그들은 밉보인 내 친구를 밟아 버리기 위해 나를 끌어들이기로 했다. 친구를 자기들에게 넘겨주면 패거리에 끼워 주겠다고 말이다. 나는 그저 친구의 덕으로 존재하는 보잘것없는 벌레였을 뿐이었다. 주변 지역을 휘어잡고 있는 그들에게 잘 보이려고 결국 친구를 함정으로 꾀어내고 말았다. 내가 직접 그를 무참하게 짓밟았다. 더욱더 잔인하게. 패거리의 누구라도 그가 친구라서 봐준다고 불평할 수 없을 정도로 더욱 철저하게.

"내 친형이었어. 참 얄궂지. 서로 말은 안 했지만 눈이 마주쳤던 것 같아. 결국 그 일은 누구에게도 말할 수 없었어. 여자가 정신을 잃고 쓰러져 있는 게 발견돼서 뉴스에도 나온 것 같은데 다들 쉬쉬하더라고. 나중에 알고 보니 여자는 근처에 사는 사람이었어. 그 뒤에 어떻게 됐는지 내가 먼저 입을 열 수도 없어서 결국 못 물어봤어. 그저 멀리 이사 갔다가 죽었다는 말만 풍문으로 전해 들었을 뿐이야."

노인은 돌덩이를 가슴에 품고 기울어 가는 해를 눈에 담았다.

"형도 서른 되기 전에 죽었으니 비극이라면 비극이지. 이제 나만 남은 건가?"

노인의 품에 안긴 돌덩이가 꼭 아기 같았다. 세상에 태어나면 제대로 키워 내야 할 책임을 갖게 만드는 존재로서, 평생 벗어날 수 없는 족쇄로서, 천형으로서 말이다.

"진작 그 여자한테 잘못했다고 빌었어야 했는데, 모른 척 한 게 죄야."

"잘못은 지워질 수 있을까요?"

노인의 손길이 잠시 멈추었다가 다시 움직였다.

"지워져서도 안 되고 잊어서도 안 되지."

"용서를 구할 수 있을까요?"

"그건 나한테 할 말이 아냐."

"그럼, 용서를 구하면 잘못한 게 없어질까요?"

"없어지지 않지."

"아무것도 변하는 게 없는데, 여기서 왜 이러고 계세요?"

그는 한참 동안 입을 열지 않았다. 어제 손바닥에 상처를 내면서 돌덩이를 만져 보았지만 나는 노인의 마음을 완전히 이해할 수는 없었다.

"……기억하기 위해서지. 쓰다듬을 때마다 생각하고 또 생각하려는 거야. 잊지 않고 기억하려고 이렇게 쉬지 않고 매일매일 하는 거야."

멈춰 섰던 바람이 다시 흘러가고 있었다. 바람을 막을 수 없는 것처럼 흘러가는 시간을 거부할 수 없었다. 바꿀 수는 없지만 잊지 않기 위해서라……. 이제 내 시간을 친구에게 돌려줄 차례였다. 친구가 세상을 다시 눈에 담을 수 있도록 빌면서 그 앞에 무릎을 꿇어야 하는 게 내게 주어진 돌덩이였다. 그리고 스스로 경찰서로 가야 할 것이다. 이번에는 '외부인'이라고 외면하고 도망칠 수 없었다.

단출하게 가방을 어깨에 걸쳐 메고 시간이 제자리걸음 하는 섬을 빠져나왔다. 휴대폰에 남겨진 메시지의 음성이 아직도 귀에 머물러 몇 번이나 재생되었다.

　'어디 있는 거야? 친구가 다쳤는데 문병 한번 안 와? ……내 눈 말야, 시력이 떨어지긴 했지만 그렇게 심각한 건 아니래. 나한테 할 말 있으면 더 이상 도망치지 말고 와서 내 얼굴 보고 얘기해. 오면 너 한 방 먹일 거야. 불만 없지? 나 태권도 배워서 격파도 하는데. 겁나지? 용서해 줄 마음 없어. 와서 싹싹 빌어. 이자 쳐서 엄청 부려먹을 테니까. 그리고 올 때 치킨 좀 사 와. 배고파 죽겠어…….'

　그의 목소리는 무슨 좋은 일이라도 있는 사람처럼 시종일관 활기차고 밝았다. 하지만 배고프다는 말 다음에 한참 동안 침묵이 흘렀다. 작게 한숨 소리도 들리는 것 같았지만 주변의 소란스러움 외에는 알 수 있는 게 없었다. 하지만 그가 어떤 표정을 짓고 있을지 상상은 되었다. 내 걱정에 울상을 짓고 있었을 것이다. 그는 정이 많고 너무 헤펐다. 나는 받을 자격이 없는데.

　땅끝에서 거친 바람에 맞섰던 것처럼 날카로운 이빨에 물리더라도 나아가야 했다. 하지만 세상은 그만큼 만만하지 않을 것이다. 그럴 때면 석상처럼 앉아 돌을 매만지던 그 노인이 떠오를 것 같다.

내 손에는 해변에서 주워 온 표면이 거친 돌 하나가 있었다. 까끌까끌한 돌에 긁혀 손바닥에 작은 상처가 생겨났다. 아팠지만 멈추지 않고 돌을 계속 문질렀다.

돌개바람이 휘몰아치고 노인은 석상처럼 언제나 그 자리에 앉아 울퉁불퉁 모난 돌을 쓰다듬었다.

한참 책 속에 빠져 상상하며 끄적이며 지내던 때가 있었다. 책으로 둘러싸인 곳에서 아무 방해도 받지 않고 하루 종일 책만 읽고 싶었다.

나이를 먹을수록 꿈을 현실에서 이룬다는 게 얼마나 힘든 일인지 깨달아 갔다. 능력 없는 자신을 탓하며 다른 걸 하려고 했다. 하지만 무슨 일을 해도 의미를 찾을 수 없어 하루하루가 공허하게 느껴졌다. 포기하려고 했지만 도저히 포기할 수 없었다.

하고 싶은 일이 잘 안 될 때마다 생각했다. 내가 만약 꿈을 이루게 된다면 다른 사람들에게 내 얘기를 들려줄 수 있을 거라고. 나도 엄청 많이 떨어지고 좌절했어도 또 도전했다고 말이다. 떨어질수록 좌절하기도 했지만 그만큼 더 많은 사람에게 희망이 될 수도 있겠다는 생각이 들었다. 그 믿음이 있었기 때문에 계속 도전할 수 있는 용기를 가질 수 있었다.

난 누구에게나 힘든 현실을 이겨 낼 힘이 있다고 믿는다. 죽을 것 같은 그 고통을 물리칠 힘이 있다고. 사람마다 느끼는 고통이 다르므로 내가 감히 상상할 수 없지만 이겨냈으면 하는 희망을 품고 싶다.

놓을 수 없는 꿈을 가슴에 보듬고 힘들게 이 자리에 서게 되었다. 단지 첫발을 내디뎠을 뿐, 그 앞에는 더 힘든 길이 놓여 있을 것이다. 그래도 꿋꿋하게 걸어가고 싶다.

고마움을 전할 사람이 너무나 많다. 오랫동안 못난 나를 뒷바라지하느라 고생한 가족, 무엇이든 포기하지 말고 항상 즐겁게 지내길 바라는 조카들, 지금까지 항상 곁에서 힘이 되어 준 소중한 친구들과 인연들, 함께 공부하는 여러 모임의 선생님들, 오랫동안 찾아뵙지 못해 죄송한 순천대 문창과 교수님들, 기쁜 소식을 전할 수 없어 아쉬운 故송연근, 故이청준, 故송수권 선생님, 내 부족한 글을 힘들게 봐준 쌤들, 글을 멋지게 정리해 준 편집자 장은혜 님, 미처 말하지 못했지만 내게 응원을 보내 주신 많은 분들, 모자란 글인데도 가능성을 믿고 뽑아 주신 심사

위원 선생님들께 진심으로 깊은 감사의 인사를 전하고 싶다. 마지막으로 내 인생에 뛰어 들어와 버팀목이 되어 주고 있는 신랑에게 사랑과 고마움을 전한다.

아주 오랫동안 품에 지니고 있던 나의 못난이들 중 여덟 편이 드디어 책으로 엮여 세상에 나왔다. 어렸을 때부터 간직한 꿈이었지만 진짜 현실이 될 거라고는 감히 상상할 수 없었다. 알몸으로 세상에 내던져진 느낌이지만 설레는 마음으로 기대해 본다. 단 한 사람에게라도 여운이 남는 글이기를.

모든 분들께 앞으로 더 좋은 글로 보답하고 싶다.

최현주

블루픽션 27

지구 아이

1판 1쇄 펴냄 2018년 2월 27일
1판 2쇄 펴냄 2018년 6월 1일

지은이 최현주
펴낸이 박상희
편집장 박지은
편집 장은혜
디자인 소요 이경란

펴낸곳 (주)비룡소
출판등록 1994년 3월 17일 제16-849호
주소 06027 서울시 강남구 도산대로1길 62 강남출판문화센터 4층
전화 영업 02)515-2000 편집 02)3443-4318,9 팩스 02)515-2007
홈페이지 www.bir.co.kr
제품명 어린이용 반양장 도서 제조자명 (주)비룡소 제조국명 대한민국 사용연령 3세 이상

ISBN 978-89-491-2345-5 44800
      978-89-491-2053-9 (세트)

이 도서의 국립중앙도서관 출판시도서목록(CIP)은 서지정보유통지원시스템 홈페이지(http://seoji.nl.go.kr)와
국가자료공동목록시스템(http://www.nl.go.kr/kolisnet)에서 이용하실 수 있습니다.
(CIP제어번호 : CIP2018003934)

| 블루픽션 시리즈

21. 내 안의 또 다른 나 조지 E. L. 코닉스버그 글·그림/ 햇살과나무꾼 옮김

　　어린이도서연구회 권장 도서, 교보문고 추천 도서

22. 내 인생의 스프링캠프 정유정 글

　　세계청소년문학상, 문화관광부 교양 도서, 어린이도서연구회 권장 도서,
　　교보문고 추천 도서, 학도넷 추천 도서

23. 줄무늬 파자마를 입은 소년 존 보인 글/ 정회성 옮김

　　아일랜드 '오늘의 책', 행복한 아침독서 추천 도서, 교보문고 추천 도서

24. 이상한 나라에 빠진 앨리스 지은이 알 수 없음/ 이다희 옮김

　　고래가 숨쉬는 도서관 추천 도서, 교보문고 추천 도서

25. 파랑 채집가 로이스 로리 글/ 김옥수 옮김

　　어린이도서연구회 권장 도서

26. 하이킹 걸즈 김혜정 글

　　블루픽션상, 한국문화예술위원회 우수문학도서, 책따세 추천 도서, 학도넷 추천 도서

27. 지구 아이 최현주 글

　　제11회 블루픽션상 수상작

28. 나는 브라질로 간다 한정기 글

　　황금도깨비상 수상 작가, 소년조선일보 추천 도서, 중앙일보 추천 도서

29. 키싱 마이 라이프 이옥수 글

　　한국문화예술위원회 우수문학도서, 어린이도서연구회 권장 도서, 교보문고 추천 도서,
　　전국독서새물결모임 추천 도서, 학교도서관저널 추천 도서

30. 꼴찌들이 떴다! 양호문 글

　　블루픽션상, 행복한 아침독서 추천 도서, 교보문고 추천 도서, 책따세 추천 도서,
　　경기도학교도서관사서협의회 추천 도서, 중앙일보 북클럽 추천 도서

31. 캐리의 전쟁 니나 보든 글/ 양원경 옮김

　　피닉스 상, 교보문고 추천 도서

32. 생쥐와 인간 존 스타인벡 글/ 정영목 옮김

　　미국 도서관 협회 선정 도서, 국립어린이청소년도서관 추천 도서

33. 두 개의 달 위를 걷다 샤론 크리치 글/ 김영진 옮김

　　뉴베리 상, 미국 어린이 도서상, 스마티즈 북 상, 영국독서협회 상 수상작,
　　경기도학교도서관사서협의회 추천 도서, 학도넷 추천 도서

34. 침묵의 카드 게임 E. L. 코닉스버그 글/ 햇살과나무꾼 옮김

　　스쿨 라이브러리 저널 선정 최고의 책, 에드거 앨런 포 상 노미네이트,
　　경기도학교도서관사서협의회 추천 도서, 아침독서 추천 도서

35. 빅마우스 앤드 어글리걸 조이스 캐럴 오츠 글/ 조영학 옮김

　　스쿨 라이브러리 저널 선정 최고의 책, 미국 도서관 협회 선정 최고의 청소년 책,
　　뉴욕 공립 도서관 추천 도서, 학교도서관저널 추천 도서

36. 서쪽 마녀가 죽었다 나시키 가오 글/ 김미란 옮김

　　소학관 문학상, 일본 아동문학가협회 신인상, 한국간행물윤리위원회 청소년 권장 도서,
　　어린이도서연구회 권장 도서, 아침독서 추천 도서, 책따세 추천 도서

37. 닌자걸스 김혜정 글

전국학교도서관담당교사모임 추천 도서, 아침독서 추천 도서

38. 첫사랑의 이름 아모스 오즈 글/ 정회성 옮김

안데르센 상, 제브 상

39. 하니와 코코 최상희 글

블루픽션상, 사계절문학상 수상 작가

40. 파랑 치타가 달려간다 박선희 글

제3회 블루픽션상 수상작, 학교도서관저널 추천 도서, 아침독서 추천 도서,
어린이도서연구회 권장 도서, 책따세 추천 도서, 문화체육관광부 우수교양도서

41. 피그맨 폴 진델 글/ 정회성 옮김

보스턴 글로브 혼 북 명예상, 뉴욕 타임스 선정 도서, 맥시 상,
미국 도서관 협회 선정 최고의 청소년 책, 국립어린이청소년도서관 추천 도서

42. 어쩌자고 우린 열일곱 이옥수 글

한국도서관협회 우수문학도서, 학교도서관저널 추천 도서

43. 앉아 있는 악마 김민경 글

44. 최후의 Z 로버트 C. 오브라이언 글/ 이진 옮김

뉴베리 상 수상 작가

45. 스카일러가 19번지 코닉스버그 글/ 햇살과나무꾼 옮김

뉴베리 상 2회 수상 작가, 학교도서관저널 추천 도서

46. 줄리엣 클럽 박선희 글

제3회 블루픽션상 수상 작가, 대한출판문화협회 선정 올해의 청소년 도서,
한국도서관협회 선정 우수문학도서

47. 번데기 프로젝트 이제미 글

제4회 블루픽션상 수상작

48. 뚱보가 세상을 지배한다 K.L. 고잉 글/ 정회성 옮김

마이클 L. 프린츠 아너 상

49. 파랑 피 메리 E. 피어슨 글/ 황소연 옮김

미국학교도서관저널, 미국도서관협회 선정 청소년 분야 '최고의 책',
학교도서관저널 추천 도서, 책따세 추천 도서

50. 판타스틱 걸 김혜정 글

제1회 블루픽션상 수상 작가, 대한출판문화협회 선정 올해의 청소년 도서,
고래가 숨쉬는 도서관 선정 도서, 한국도서관협회 선정 우수문학도서,
경기도학교도서관사서협의회 추천 도서

52. 우리들의 팝조름한 여름날 오채 글

마해송 문학상 수상 작가, 한국도서관협회 선정 우수문학도서,
국립어린이청소년도서관 추천 도서, 경기도학교도서관사서협의회 추천 도서,
2017 순천시 One City One Book 선정 도서

⊙ 계속 출간됩니다.